芍陂漩流

QUEBEI XUANLIU

楚仁君 / 著

时代出版传媒股份有限公司
安徽文艺出版社

图书在版编目（CIP）数据

芍陂漩流 / 楚仁君著. -- 合肥：安徽文艺出版社, 2025. 1. -- ISBN 978-7-5396-8185-6

Ⅰ. I247.7

中国国家版本馆 CIP 数据核字第 2024MC2791 号

出 版 人：姚 巍
责任编辑：张 磊　　　　　　　　　装帧设计：褚 琦

出版发行：安徽文艺出版社　www.awpub.com
地　　址：合肥市翡翠路 1118 号　邮政编码：230071
营 销 部：(0551)63533889
印　　制：合肥创新印务有限公司　(0551)64456946

开本：880×1230　1/32　印张：6.875　字数：140 千字
版次：2025 年 1 月第 1 版
印次：2025 年 1 月第 1 次印刷
定价：48.00 元

（如发现印装质量问题，影响阅读，请与出版社联系调换）

版权所有，侵权必究

目 录

咫尺应须论万里(序)
——楚仁君小小说集《芍陂漩流》作品简析

李 云 / 001

牛筋头 / 001

六舅的草堆 / 003

九爷 / 008

水爷 / 015

老鬼 / 023

分赃	/ 027
柳条马	/ 055
这是我	/ 071
给领导提个小意见	/ 075
撒气碗	/ 079
借烟	/ 084
广播	/ 088
走城	/ 092
原来的包子	/ 094
犟爷	/ 097
6点之前	/ 099
我有五个兵	/ 103
抢饭吃才香	/ 108
麻袋里的酒	/ 117
毒杀	/ 121
三块钱的事儿	/ 125
鬼婆婆	/ 129
周娘	/ 134
小气的田埂	/ 142

怪诞的乡村　　　　　　　/ 146

三克油　　　　　　　　　/ 149

逆行　　　　　　　　　　/ 154

路口　　　　　　　　　　/ 156

五魁首　　　　　　　　　/ 158

散放的小兔子　　　　　　/ 161

争辩　　　　　　　　　　/ 165

三眼井　　　　　　　　　/ 166

问题大了　　　　　　　　/ 170

改名　　　　　　　　　　/ 172

饭局　　　　　　　　　　/ 177

话没说完　　　　　　　　/ 181

明秀　　　　　　　　　　/ 183

杀猪李　　　　　　　　　/ 188

以前不是这样　　　　　　/ 193

花碗　　　　　　　　　　/ 197

聪明的鱼　　　　　　　　/ 201

碎心　　　　　　　　　　/ 206

咫尺应须论万里(序)

——楚仁君小小说集《芍陂潋流》作品简析

李 云

小小说作为平民艺术、大众文化的一种,在20世纪80年代甫一问世,就因其短小精悍、隽永精致、故事性强、微言大义等特质,受到广大读者的喜爱。小小说在小说界已蔚然成林,并成为小说家族的新丁和重要的组成部分。一批成熟的小小说作家在文坛摘桂问鼎,夺得鲁迅文学奖等大奖。

安徽文坛也活跃着一群在全国有影响力的小小说作家。寿州的楚仁君在小小说这块沃土上孜孜不倦地深耕细作,创作了一大批精品力作,蜚声全国小小说领域。他的大量优秀作品刊发在国家级、省级等众多刊物上,并被多家选刊、选本转载,还有作品获得全国性文学奖项。

近日,他寄来即将付梓的新作《芍陂潋流》,嘱我写序。我认真研读后,觉得楚仁君的小小说不"小",他成功地在其文本中为我们构建了一个被他提炼了的寿州人的精神大境界,寿州人在时代巨变后的人生大际遇、大悲欣、大变化。在他的笔下,我们可以看到20世纪50年代迄今的社会之变、时代之进中寿州人的众生相,刻画了诸多在八公山下、淝水之滨、安丰塘畔生活着的寿州人的精神图像和不同的人生之变。他以小小说的形式为寿州人立传,也是在用文学的形式为寿州城、寿州人画像。从这个角度来说,楚仁君的写作是有"野心"的创作,他从小处入手、大处入眼,完成一个大的制作。这是值得我们关注的个体文学现象。

细究其文本特色,简析如下:

一、多维度的主题拓展,紧扣的是对人性在不同现场的真实揭示和人物的精神塑造。

在楚仁君的《芍陂漉流》里,呈现给我们的小说主题有三个方面:亲情主题、讽刺主题、苦难中的温情主题。在亲情主题里有《九爷》《水爷》《老鬼》及《借烟》里的姐夫,《麻袋里的酒》中的众兄弟们,《抢饭吃才香》中的赵铁生,《我有五个兵》中的我和小伙伴,《分赃》里的马驼子、朱大炮和侯老五等这些人物,可以看到他们的原型或是楚仁君的乡里乡亲、亲戚朋友,或是他的领导同事、同学发小,楚仁君用他们身上发生的故事,艺术再造出"小小说人物"。这些人物身上留有寿州人或淮河平原百姓的明显性格特征:善良、倔强、睿智、狡黠、任性、幽默等,显然是楚仁君将众多真实生活原型重新打碎揉捏后,再按照自己的思想指向和文学诉求雕塑而成的。所以,他笔下的人物是立体的、生动的、活色生香的,是有气息感、生活感、时代感的。这些人物读来让人感觉这是真有其人的,不是扁平的、单薄的。

在讽刺主题里,他用辛辣的笔调由表及里地通过人物和故事的演绎,写出了一批官场上追求官本位、不负责任不担当的"官迷""官混子"等,以及对形式主义、官僚主义危害性的批判。他对批判、戏谑、反讽、冷幽默等技法的娴熟运用,既承接了契诃夫的文风,又有方成漫画的调性。《这是我》以战运盛喜欢收藏自己席卡,到最后出席会议没摆席卡自己带来摆,向人们展示自己是官的故事,入木三分地刻画了一个可笑可憎的"官迷"形象。《给领导提个小意见》写一个小官员因为按组织要求给自己上级领导提了个意见后,而内心陷入惶惶不可终日的自责自谴之中,最后竟然生病住院。

当然,我还是更喜欢他写的一批苦难中有温情暖意的小小说。比如《借烟》中的姐夫,《6点之前》开门的老太太,都是让人感动的故事和人物,如读鲁迅的《一件小事》或汪曾祺的《陈小手》,或蒲松龄笔下的《促织》。尤其是他写的《杀猪李》先抑后扬,小说前半段的杀猪李是个有点色,又好占小便宜的人,后半段揭秘,杀猪李把蹄筋和一卷钱送到了"'五保'户孙大爷家"去了。写出人性之美以及他的复杂性。还有小说《撒气碗》中的男人在生活重压下,摔碗解气,最后他的女人眼睛瞎了,他买来几百只碗,就是等到她眼睛好了"我一只只地摔给你看……",写出了艰辛的生活中相濡以沫、相爱相守的真情。著名作家毕淑敏在小说创作谈中说:"文学作品要给人温暖,负面的东西,可以挖掘出美好的东西。"著名评论家谢有顺也谈道:"一种有暖意、有希望的写作,是相信生命还有意义、人生还有价值的写作。"确实如此,从苦难中写出人性之恶容易,写出人性之善却难,因为苦难中的温情是稀罕物,也更难被人发现,能否发现苦难中的暖意和亮色,并把它艺术地呈现出来,是蹩脚作家和高明作家的根本区别。楚仁君炼就慧眼,从生活的尘埃里淘金拾珠,擦拭灰垢,发现生活中不一样的暖与美来。

二、多元的写作试验,追求的是文本的多样性、特质性和异质性之美的整体突进。

无论小小说、微型小说、超短篇小说、闪小说怎么递进和嬗变,都离不开文本本质的多向突围和蜕变,这才让小小说有了在这多变时代阅读背景下的生存壮大的可能。对文本本质和形式的多样性、特质性的追求应该是作家自觉的行为,作家越早地在文本上追求多样性和特质性表达,就能越早地形成自己的作品风格特色,也就有了自己的辨识度。

三、多元的写作涉猎和试验,是楚仁君小小说创作中一直努力自觉践行的。

首先是他小说中的哲理思考和先锋性表达。在小说《牛筋头》中,他成功地描写了一个有个性的光头七舅的形象。光头七舅戴草帽出工时,草帽多次被风吹掉,最终惹恼了七舅,他用锄头把草帽狠狠地砸毁掉,最后他大骂风:"你个龟儿子风,老子逮到你,非扒掉你的皮!"这里的风是一种不可预知的命运的象征,草帽是被命运捉弄的个体的象征,而七舅不屈服于被无常命运玩弄,敢于砸碎一切,倡导了人要敢于和命运抗争的无畏无惧的精神。该小小说除了处处充满哲思之外,还用先锋荒诞的笔触写出了一个不畏惧的七舅。此类的小说还有《聪明的鱼》等,这些小说充溢着机智和寓言的成分,这从一个侧面反映了作家的匠心独运和多角度处理的主题技巧。

其次,他在小说中对幽默和讽刺手法的机智应用,使他的小说读来会让人会心一笑,笑后陷入沉思。《改名》中的巴仁鼎三次改名引起的人生变化,使人读时喷饭;《我有五个兵》中的比尿尿高远来决定谁当"司令"等让人忍俊不禁。在此类小说里,楚仁君表现出他高超的运用冷幽默和黑色幽默的能力,他让文本产生了高雅的喜剧效果。他小说的幽默是脱离一般低俗的搞笑和恶搞层面的,同时,他让讽刺和反讽等技术进入文本,使之如匕首或解剖刀一般剖开社会病灶,剔出病毒肌理,让"癌细胞"的成因曝光在人们面前。并且他还用戏谑的语言和有趣的故事巧妙完成,造成了笑后又要掩面一哭的状况。《撒气碗》《分赃》等都是让人笑又让人哭的作品。著名作家王蒙曾说:"好的幽默并不只是让你笑,还让你哭呢……也许幽默的痛苦并不比痛苦的痛苦弱。"能让人又笑又哭的作品是绝品或佳品,楚仁君正在此道上努力。

最后,从书写风俗出发,着力写好寿州大地上的人与事。在楚仁君的写作潜意识里,有着为故乡写志立传的理念,这在《芍陂漩流》中有着明显的表现,我们可以看到他小说的文化背景和人文背景、生活背景是寿州的。他的小说运用大量寿州方言俚语,比如"周正""盘倒""对好点子""攀酒""打别腿了"以及农谚、歇后语等,使文本凸显了楚仁君小小说的"楚氏寿州"书写的特质。此外,他笔下的鬼婆婆、周娘、牛筋头等人物,也是既有淮河平原人物的普遍性,又有寿州人特殊性的"独一个"人物,楚仁君正在用小小说的形式写寿州的风物志或人物志,他在完成自己有想法有"野心"的创作。钱穆说:"世俗即是道义,道义即是世俗,这是中国文化的最特殊处。"谢有顺对好的小说也有评价:"好的小说是要还原一个物质世界,一种俗世生活的。"楚仁君从中国文化的"最特殊处"着手,从小小说入手,在写真实而又在文学中的寿州城和寿州人,写出属于这块古城热土的风俗民情、人情世故、天地良心……从这个角度来分析,我想他的创作路子是雅正的,是不俗的。

尤工运势古莫比,咫尺应须论万里。衷心祝愿楚仁君的"楚氏寿州"小小说创作艺术日臻完美,从古城再出发,攀登更高的文学高峰。

2024年3月26日·合肥

(作者为安徽省作家协会原副主席、秘书长,著名评论家、作家、剧作家、诗人。)

牛筋头

七舅是庄里出名的牛筋头。

七舅有着鸡蛋壳似的光头,一年四季帽不离顶,单帽、草帽、棉帽。光头的七舅用不着剃头,五十多年愣是没让剃头铺挣过一分钱。

光头的七舅什么都好,就是有点牛筋头,那个脾气一上来,十条大牤牛也拽不回。

有件事庄里人至今还津津乐道,每次说起来都笑疼了肚子。

这天,七舅歇过晌,披上大手巾,扛起锄头,当然没忘戴上那顶破了檐的草帽,一个人奔庄南的六坡地锄白芋。

正是炎炎夏日,午后的太阳热辣辣地炙烤着大地,野地里寂寥、空旷,有风吹过,热热的,送来庄稼清新的气息。七舅闻着这味感觉舒坦,不由自主地哼起四句推子。

没走多远,一阵风吹来,七舅头上的草帽像树叶一样飘落下来,锃亮的光头就毫无遮挡地暴露在日头底下。七舅慌忙捡起草帽,重新戴上,还用力地按了一下。

拐上一条田埂，又一阵风吹来，七舅没有帽襻的破草帽再一次落在地上，光头又一次和日头对峙起来。七舅不满地哼了一声，再次将草帽扣在头上，并重重地摁了又摁。

没走出几丈远，风像故意找碴儿似的，再次掀掉七舅头上的草帽。落下的草帽不偏不倚，正巧帽窝朝下扣在一堆干硬的牛屎上。

再有耐性的人也经不住这几下折腾，更何况是七舅这样的牛筋头。七舅胸中的怒火被那顶调皮的破草帽给点着了，于是邪火便像岩浆一样喷发出来。

他猛啐一口，飞起一脚，将草帽踢到田埂中间，抓下肩上的锄头，对着草帽就是一通狠砸，一边砸一边骂："你个龟儿子，我叫你跑……"不消几下，那顶破草帽就被砸成一小堆软耷耷的碎草。

没有草帽遮顶的七舅在白芋田里锄草，没精打采的。日头像在七舅头上架起一只火盆，头皮被烙得生疼，汗在身上肆意地淌，像无数条小虫在爬，痒痒的，腻腻的，很不自在。

很不自在的七舅就在心里嘀咕，今天怎搞的，咋这样不顺呢？晌午头，鬼放牛，莫非碰到鬼了？七舅朝四下看看，田野里依旧空旷无人，身上不由得起了一层鸡皮疙瘩。

少顷，七舅像想起什么似的，突然直起身，一手拄锄，一手叉腰，对着来风的方向大骂："你个龟儿子风，老子逮到你，非扒掉你的皮。"

六舅的草堆

六舅一生最得意的，就是他堆过小山一样高的草堆。

六舅是个"老病鬼"，患有气管炎、哮喘病，成天咳嗽不止。六舅的耳朵也聋，据说那年他在高田荒挖渠时，不堪忍受饥寒交迫的非人生活，逃跑了，最后又被抓了回来，连长伸出蒲扇似的大巴掌，在他脸上左右开弓一阵猛抽。等六舅从地上爬起来时，耳朵就什么也听不见了，从此生活在一个无声的世界里。这耳朵一聋，人就显得呆，在子女们眼里，六舅是一个什么事都不能干的"白芋头子（方言：废人）"，天天把他呵斥来呼喝去，还人前人后喊他"老聋子"。

六舅干不了重活，生产队长就安排他做一些看场、放牛、堆草堆之类的轻省活。队里每年堆大草堆，非六舅莫属，理由很简单，因为他堆的草堆不漏。

这堆草堆可不是一般人都能干的，得有点技术。堆得不好，草堆中间的稻草就成块成块地烂，烂得跟稀牛屎似的。要知道，这一大堆稻草，可是全队七八条耕牛一年的口粮啊！队长不敢大意，每年都把这堆草堆的活计派给六舅。

六舅堆草堆真是风光。他站在草堆上，穿一件旧蓝布裤头，裸露着黑锅一样的脊梁，肩上披一块白粗布手巾，光头上戴一顶耷着檐的破草帽，手拿一把铁叉，像一个八面威风的将军，指挥着草堆下的社员叉草。此时的六舅已完全不像一个"老病鬼"。

六舅堆草堆就像大姑娘绣花。他从递草人的叉子上接过草来，仔细抖开，将乱麻似的稻草捋一顺头，然后铺开、拍平、踩实。他从草堆一头往后堆，到头再往回堆，层层叠叠，如此反复，草堆便慢慢高起来。草堆越高越难堆，草堆堆得高，才显着堆草人的本事。六舅堆的草堆往往比稻场边上的大榆树还要高，这在方圆几个村庄可是没几个人能够做得到的。

草堆完工的时候，也是六舅最开心的时候。六舅坐在大榆树下的石磙上，从兜里摸出半截皱巴巴的纸烟点上，一边用破草帽扇着风，一边静静地欣赏着自己的作品。那个大草堆就像刀削斧剁一般，齐崭崭的，小底盘，大肚子，上面像房屋山墙一样棱角分明，顶子上呈鱼脊状，两头还翘着角，整个大草堆就像一座金碧辉煌的宫殿，在秋天的夕阳下闪着耀眼的金光。

队长背着手，围着草堆前后左右地看，就像鉴赏一头可心的牛犊那样，脸上露出满意和赞许的神情。六舅见了，咧开豁着牙的嘴，无声地笑了，布满浓密胡楂的脸上，写满了得意和自豪。晚上收工回家，六舅磕上一钵子青辣椒，就着"八毛冲子"酒，喝得红头涨脸，直晃脑袋。喝到高兴处，他还混着痰音哼出几句四句推子："喜洋洋顶五星走出了张家村，借送茶去会那张家的郎君……"六妗敲着稀饭碗数落他"越老越不着调"。

六舅堆草堆也有"走麦城"的时候。那年秋天，老天爷好像跟人作对似的，三天两头下雨，见缝插针打下来的稻把子，还没晒干就要上草堆。六舅犟不过队长，只好将就着把大草堆堆好。绵绵秋雨一连下了半个多月，六舅看着像筛子筛下来一样的细雨，眉头拧成了疙瘩。

六舅揪心的事儿还是发生了。第二年春上，队长带着几个社员捆牛草，用切草刀切开半拉草堆一看，里面已经烂了，烂得跟稀牛屎似的，发出阵阵刺鼻的尿臊气。队长紫涨着脸，让人喊来六舅，用手朝烂草堆一指，什么话也没说。六舅一见，立时怔怔地杵在那儿，黑胡楂脸连续抖了几下，那上面所有的沟沟壑壑都填满了无奈、无助和无端的屈辱。他默默地转过身，一路咳嗽着走了。队长眼瞅着六舅露着黑棉絮的背影，头摇得像拨浪鼓："老聋子真老了，这一老就成了'白芋头子'。"

这个漏雨的大草堆，成了六舅的耻辱，成了他无能的佐证。六舅回到家就一病不起。子女们嫌丢人，成天不搭理他。六妗也经常在他床面前埋怨："连草堆都堆不好，头扎茅缸死掉算了。"六舅耳朵听不见，以为在安慰他呢，嘴角还挂着笑。

半年以后，当大病初愈的六舅再次出现在稻场上的时候，着实把大家吓了一跳。他的头发已白了一半，身子像缩水一样，枯萎得既矮又小，脸黄得像大表纸，眼窝深陷，两眼空洞无神，一步三喘，要不是拐杖撑着，站都站不稳。队长看着有些不落忍，就安排六舅看稻场。按六姈的话说，不能让他成为废人。

在生产队的农活中，没有比看稻场更轻省的活了。看场人在中午收工后到下午出工前的几小时内，看住牲口家禽，不要让它们上稻场偷粮食吃，一天的工分就挣到手了。六舅对队长安排这个美差很是感激，每天中午收工前准时来到稻场上，尽职尽责地看场。只是六舅越发地落寞和孤单了，每当他坐在大榆树下的石磙上时，便不由自主地盯着那个草堆，愣愣地出神，眼里有雾一样的东西掠过。

转眼稻把子又上场了。这天晌午还未收工，六舅便早早地来到稻场上。他还戴着那顶破草帽，一只手拄着拐杖，另一只手拎着用白粗布手巾包着的东西。他没有坐在平常喜欢坐的石磙上，而是径直走到草堆头前，在草堆阴里坐下来，慢慢展开手巾里的东西。手巾里包着半盐水瓶"八毛冲子"、半钵子磕辣椒，还有两个炕轱辘车馍馍——六舅还没有吃的中饭。队长凑上去打趣道："哟，老聋子今儿个还带了不少好吃的哪。"六舅笑眯眯地递上盐水瓶，示意他喝两口，队长笑着摆摆手，转身吹响了收工哨子。

下午上工时，队长到草堆头前拿大扫帚，看见六舅倒在稻草上睡着了。盐水瓶歪在地上，瓶口处的地湿了一大块，散发着浓浓的酒气，钵子里空空如也，两个炕秸辘车馍馍还一口未动地放在手巾上。队长踢踢六舅的脚，喊道："老聋子，起来吧，回家睡去。"六舅睡得沉沉的，一点反应都没有。再踢、再喊，还是不见一点动静。队长忽然不安起来，伸手在六舅的鼻子下一试，不禁打了一个冷战，六舅已没了气息。六舅静静地躺在那儿，一脸安详，嘴角还挂着一丝笑意，眼角有两颗水珠一样的东西在闪烁。社员们围拢过来，唏嘘不已，有人说："我吃过晌饭从稻场上经过，还听见他在草堆头前唱四句推子呢，怎么说死就死了呢？"

六舅真的走了。村子东南拐的鲶鱼岗上又多了一座新坟，坟头上的纸幡日夜哗哗地响个不停。晚上，队里的男工女妇再也不敢到稻场上乘凉了。中午也不需要看场了。有人在晌午头分明听见六舅还在草堆头前唱戏呢："喜洋洋顶五星走出了张家村……"

这年秋天，生产队另辟了一块草堆畦子堆草，堆草的人也换成六舅的大儿子老耕。让人奇怪的是，队里的大草堆怎么也堆不起来，刚堆上一半就倒了，再堆又倒了，始终堆不出六舅堆的那样高的草堆。队长苦着脸对老耕说："要是你伯老聋子不死，唉——"

九 爷

九爷在家门里行九,喜欢喝点酒,脾气又好,大家伙都喊他九爷。

九爷的酒量很大,楼东队的几个小青年可是领教过的。

那年,本队一户人家喜期,九爷和邻队的几个小青年坐一桌。席间,几个小青年对好点子,想要把九爷盘倒(方言:喝醉),于是便轮番向九爷敬起酒来。在农村,这叫车轱辘酒,没点酒量是不敢接招的。九爷心里明白,脸上不露声色,对所有敬酒来者不拒,酒杯一端,刺溜一声,酒盅里的酒喝得比舔过还干净。几个小青年舌头开始发硬,不停地向酒司令使眼色。酒司令心领神会,每次斟酒时,有意把九爷的酒盅倒得满拉拉的,自己人只倒了六七分的杯子。九爷装作没看见,也不计较,自顾自地吃着、喝着,不急不忙,大有姜太公稳坐钓鱼台的架势。站在旁边观战的喜东家看不过去了,对几个小青年说:"九爷这几天烧锅累了,别把他喝醉了。"九爷摆摆手说:"这喜酒不醉人,我叫他们尽兴。"

这一尽兴可不打紧，最后的结果是，几个小青年没一个周正的，全趴桌子底下了，东倒西歪睡倒一大片。

这时的九爷毫无醉意，像得胜的将军。他鼻子里哼了一声，不屑地说："这点酒，从牙缝里就进去了……"喜东家掐指一算，这顿酒九爷喝了有三十多盅，每盅七钱，二斤多酒下肚了。喜东家大为惊讶，连声说："九爷真造（方言：行，可以），海量……"

九爷的名声传了出去，十里八村的人都知道九爷的酒量大。九爷也常常以此为荣，以后再有人攀酒时，他便说："那年，我喝倒一桌……"

九爷不仅酒量大，还有一手烧菜的手艺，前庄后郢的乡邻家有红白喜事，都请九爷去烧席。九爷还有这本事，不管东家料少、料足，都能烧出好菜来，为东家撑足面子。

九爷烧席不收工钱，都是亲戚里道的，谁家没有大事小情？就当是帮个忙。东家过意不去，就把当期喝的酒拎过一箱，再拿上条把孬烟，让九爷捎回去，算是酬劳。

这酒喝得有滋味，可九爷的日子过得并不滋润。九爷长得高高大大，相貌堂堂，但因为家里过去成分不好，一直没讨上老婆。等好不容易摘了地主帽子，九爷也就过了年龄杠子，五十多岁了还过着寡汉条子的生活。

这年麦黄的时候，后郢的一个女人走进了九爷的生活。这个女人前几年死了丈夫，一人拖着三个孩子，天天在刀尖上过日子。九爷看着娘几个怪可怜的，就同意了这门亲事。

婚礼很简单。九爷放了一挂炮仗，又烧了几个菜，邀了本家几个侄子一起吃顿饭，便把女人迎娶过来。第二天，九爷又把女人的几个孩子接过来，一个新家就这样组成了。

女人过去吃过苦，九爷疼着她，烧锅、洗衣裳都不叫她沾手，田里的活也都他一人揽着。邻居们对女人说："这下你从糠箩掉进米箩了，贴心跟九爷过日子吧……"

女人闷鳖似的一天喷不出几句话，这帮孩子可不一样了。换了新家后别提多高兴，又遇上没脾气的九爷，小家伙们无所顾忌，每天上蹦下跳，鬼哭狼嚎，闹得家里乌烟瘴气，连狗都不敢进家门。九爷也不呵斥，只嘿嘿地笑。

九爷以前是一人吃饱，全家不饿。眼下陡地添了四口人，女人和孩子吃的一顿饭，要抵九爷过去几天吃的饭。半大小子饭庄子，几个挨肩的孩子饭量很大，九爷烧好饭菜一端上桌，风卷残云般眨眼就没了踪影。等九爷忙好端起酒盅，桌上只剩下残汤剩水。九爷用筷头蘸着菜汤下酒，仍喝得有滋有味。

眼看着笆斗里的米一天天往下少，九爷的心也一点点往下掉。稻圈快见底了，九爷真的犯了难，便同女人商量道："把你家的稻拉过来救救急，算我借你的，秋后就还你。"女人撇撇嘴："别想好事，那是准备换钱给孩子上学用的。"接着又数落道，"你天天就知道喝酒，这日子没法过了……"

这样的日子维持了三个月。有一次，九爷出门帮人烧席，三天后才回到家里。那天，推开房门，九爷发现了异样，家里静悄悄的，女人和孩子不见了踪影，他们带的日用什物也没了。再仔细一查，放在墙拐的几箱酒和箱底的千把块钱也土遁（方言：消失）了。九爷明白过来，一下子瘫坐在地上。晚上，九爷翻出藏在床底下的两瓶明光酒，也不就菜，一个人干喝了起来。这顿酒喝得很长很长，两瓶酒见底，快到鸡叫头遍了。九爷摇摇晃晃走出屋，磕磕绊绊地向后郢的女人家摸去。他要找女人评理。

九爷醉了，醉得一塌糊涂。一路上，他连滚带爬，浑身糟蹋得像泥猴子一样，没有巴掌大干净的地方。好不容易到了女人家门口，九爷已经醉得站不起来了。

九爷虽然醉了，但大脑还有一丝清醒。他哆哆嗦嗦地解下裤带，将自己的身子和女人家的椿树捆在一起，嘴里含糊不清地嚷着："我……叫……你……倒，我……叫……你……倒……"

第二天一早，女人开门看见绑在树上的九爷，吓了一大跳，身子不由自主地抖起来。这时的九爷背靠着树，站得直直的，头歪着，嘴里还在嚷："我……叫……你……倒，我……叫……你……倒……"

老婆跑了，九爷感到很没面子。他向本家侄子借了点钱，在一天夜里搭上辆拉沙车，悄无声息地离开楼西队。

九爷在省城的建筑工地找到活计。包工头是当地人，跟九爷很投脾气，俩人三天两头凑在小酒馆里喝酒。喝到高兴处，俩人你拍我的肩，我抓你的手，兄弟、哥爷地叫个不停。

九爷很受用，觉得人家很看重自己，所以对老板很忠诚，工地上的脏活、累活抢着干。老板也不亏待九爷，每次发工资后，背地里都要塞给他几百块钱。这钱九爷也没往口袋里装，有事没事地请老板喝两盅，钱都砸进了酒馆。

这天中午，九爷又跟老板喝上了，两瓶白酒对掰，外带六瓶雪花啤酒，俩人喝得很高兴。这酒一喝罢，也就到了下午上班时间，九爷和工友们一起忙着卸钢筋。

天阴沉沉的，像要下雨，老板喷着酒气督促工人加快速度。九爷平时喝白酒不掺啤酒，今儿个高兴，就破了例，感觉头有些涨蒙蒙的，脚步也有些踉跄。这时，旁边一工友脚下一绊，突然向后一栽，扛着的钢筋一头向九爷戳来。九爷稍一迟钝，钢筋头不偏不倚，正好扎进九爷的右眼窝。九爷大叫一声蹲在地上，手指缝里血流如注。

包工头的酒吓醒了一大半，他慌忙指挥几个工人将九爷送进医院。医生检查后无奈地说，眼球已经烂了，只能摘除。真是祸不单行，过后没几天，医生又说，由于视网神经受到重创，左眼也已失明，眼球只好摘掉。病床上的九爷咬咬牙，只能听任医生的安排。

两个月后去掉纱布，九爷只剩下两只干瘪的眼窝。老板跪在床前，哭着说："九爷，兄弟对不起你，你这下半辈子，兄弟我养着。"九爷笑笑说:"好兄弟,有你这句话就够了。人这一辈子,谁还没有三长两短的?……"

九爷出院后,老板把他安顿在自己家里,安排专人伺候他,每天喝的都是上好的迎驾酒。九爷喝惯了烈性酒,对这酒的感觉是淡淡的,没劲,总想着老家能买到的明光酒。

半年过去了,九爷吃胖了,脸也白了些,只是精神有些委顿。一天,九爷对老板说:"兄弟,我在这憋得慌,也拖累你们,我想搬到老家住,家里几个侄子能照顾我……"

老板想想说:"也好,实在住不惯你就回去。你放心,我会经常去看你,有事你就给我打电话。"临走时,老板甩给九爷两万六千块钱,九爷推辞着不要。老板说:"就算我借给你的。"兄弟俩洒泪而别。

九爷被侄儿们接回家,左邻右舍都赶去看他。听着熟悉的乡音,九爷的鼻子酸酸的,想到今后再也看不见乡邻们的身影了,他就有些恓惶。后郢的女人听说九爷回来了,没好意思露面,叫孩子送来了一篮子红皮鸡蛋。

考虑到九爷双瞎无路后的生活,村里托关系将九爷安排到离家几里远的镇敬老院。九爷对敬老院里的生活挺满意,每天还喝酒,一天两瓶,喝到高兴处,就经常拎起那句话:"那年,我喝倒一桌……"

九爷和院长对脾气,这老头也就经常到九爷房里蹭酒喝。一来二去,俩人也就成了无话不说的朋友。老头一喝多,就大倒苦水:"这院里几十号人,一天生活费就得一两百。可镇里拖了大半年的菜金钱,每星期两顿肉都不能保证。唉,我这院长没法当了……"

九爷忽然想起什么,从兜里摸出一张纸条,对院长说:"这是我以前打工认识的老板,他叫我有事找他,你要通了我跟他讲。"院长照纸条上的号码打过去,听筒里传出了"对不起,您拨打的号码是空号"的回音。九爷不相信,让院长再打。一连打了几遍,听筒里的声音都是:"对不起,您拨打的号码是空号……"九爷愣怔在那里,半晌不言语。

入院不到半年,九爷就感到身体大不如前,肝部有一个硬块,吃饭没胃口,酒量也下降了,每顿喝二三两就有了醉意。过祭灶那天,家门侄子接九爷回去过小年,吃饭时他一直不说话,只顾闷头喝酒,侄儿们感到很意外。

年三十上午,敬老院里上上下下都在忙着准备过年,半天不见九爷的身影。院长疑惑地推开九爷的房门,只见九爷歪靠在床头,已经没有了声息。桌子上放着一只空明光酒瓶,瓶底压着纸条和存折,纸条上是九爷歪歪斜斜的字迹:"两万六千块,捐给敬老院……"

水 爷

水爷这辈子别无所好,就是嗜酒如命,一生中宁愿居无所,不可饮无酒。

兴许是姓氏中沾了"水"的缘故,水爷天生一副好肠胃,酒量出奇地大,在当地大名远扬。

水爷好酒,当年闹出很多笑话。

十八岁那年,李半仙上门提亲,父亲一时高兴,就叫水爷提上一篮鸡蛋,到镇上供销社换酒,准备中午招待客人。

水爷打了一盐水瓶"八毛冲子",一路拎着往家走。走着走着,扑鼻的酒香勾起了水爷的馋虫,忍不住打开瓶塞抿了一口。水爷吧嗒着嘴,很享受的样子。

接下来,水爷就没了准星,走一截路喝上一口,走上几步,再喝上一口,七八里路走下来,一瓶酒就喝得差不多了,水爷就有些打别腿(方言:歪歪倒倒)了。

快进家门时,水爷瞥见酒瓶里剩下的白酒,一下慌了,他拐进邻居家,从缸里舀起一瓢凉水,倒进盐水瓶里,然后若无其事地回了家。

这掺了水的酒就被父亲恭恭敬敬地倒进了李半仙的酒碗里。这李半仙走州过县，见过世面，颇谙酒道。他端起酒盅一呷，就皱起卧蚕眉，内行地说："这酒味太淡，像是兑了水哩。"

父亲一下冷汗淋淋了，忙喊来水爷问："这酒是从哪儿打的，怎没酒味？"水爷涨红了脸，故作镇定地答："我亲眼看着营业员从酒缸里打上来的。"父亲看水爷振振有词的样子，就信了，憨笑着对李半仙说："我家孩子不扯谎，就是从供销社打的。"父亲自找了个台阶下，咒骂道，"这供销社黑了心了，卖酒兑水，良心让狗叼了。"水爷躲开去，掩了嘴偷笑。

送走李半仙，水爷已有些微醉。下半晌，邻居恰巧串门，无意间说起了凉水装瓶的事，父亲想起李半仙说过的话，又想起问话时儿子躲闪的目光和通红的脸，忽然明白了一切。

盛怒之下的父亲骂道："不争气的东西，叫你偷酒喝！"顺手操起顶门杠，把蒙头酣睡的水爷一顿猛揍，直打得水爷狼嗥似的叫。很多年以后，水爷的胳臂上还留有一块刺眼的疤痕。水爷第一次提亲就这样泡汤了，他偷酒喝的丑事，成了村里人津津乐道的话题。

水爷因喝酒搞砸了婚姻，也因喝酒成就了姻缘。那年，水爷到邻村他二姑家喝喜酒，席间，同桌一个叫二黑的小伙子仗着酒量大，张狂地要和他人拼酒。水爷闷声不响地端起海碗先干三大碗，然后和二黑一对一单挑。一场酒下来，水爷足足喝了二斤"八毛冲子",除了脸红红的,别无异样。只弄惨了这二黑,他哪里是水爷的对手,一斤"八毛冲子"还没喝完,就趴在桌上翻江倒海地吐起来,直熏得旁边的人躲瘟神一样遁去。

这一幕斗酒好戏被邻桌一个叫应花的姑娘看得仔细。水爷无人能比的酒量和喝酒时的豪气,让应花姑娘既惊奇又钦佩,心生一种别样的情愫。应花回到家,对娘提起此事,一副欲说还休的样子。此后应花又三番五次地说,娘便留了心,心想这丫头可能看上人家了,就和应花伯商议。应花伯开明地说:"女大当嫁,水家那孩子还行,你就去托媒提亲吧。"

应花娘便拎了两瓶酒,来到李半仙家。刚一讲出来意,李半仙就跳起来,睁着牛眼说:"水家那孩子贪酒,你家丫头跟了他,能有好日子过吗?"应花娘说:"我家丫头相中的人,肯定没错。你就遂了丫头的愿,帮我们提一下亲吧。"架不住应花娘的哀求和"八毛冲子"的诱惑,李半仙最终答应帮忙从中撮合这门婚事。

一家有女百家求,在当地一般都是男方主动上门提亲。这应花家托人说媒,让水家父母受宠若惊,更是喜出望外。父亲慌忙叫水爷到镇上供销社打酒买肉,好吃好喝款待李半仙,像供菩萨似的,千恩万谢都不尽意。水爷心里自是高兴,这次打酒回来,自然没敢偷喝。

腊月二十八是水爷大喜的日子。水爷穿戴一新,春风满面,一张嘴就喜得合不拢,里里外外忙活张罗着。开席时,有客人起哄让水爷敬酒，水爷就端起海碗，一桌一桌地敬。水爷每到一桌就打通关，逐人陪酒，划拳、打老虎杠、猜火柴，样样拿手，赢多输少。那天，水爷记不清自己喝了多少酒，只依稀记得是被人抬回洞房的。

洞房花烛之夜，水爷在酒海里畅游了一晚。这晚，水爷倒在床上，烂醉如泥，身上每一个毛孔都散发着酒气，鼾声如雷，不时发出梦呓声："好酒，好酒，干了……"就冷落了新娘子应花。她抱着绣花枕头坐了一宿，天亮时，眼睛红红的，肿得跟核桃似的。

水爷成家后，贪酒的习性不改，一顿不喝二两，就跟没吃饭似的，没着没落，心里憋得慌。渐渐地，村里人和亲戚们摸出来一个门道，水爷到哪家做客，没茶没烟、没鱼没肉行，但不能没酒。水爷的外甥就领教过他的厉害。那年，外甥家杀年猪，请舅爷去打猪旺，不知是有意，还是一时忘了，桌上竟没有上酒。水爷气不打一处来，鼻子里哼了一声，丢下一桌子客人，拂袖而去，弄得客人们面面相觑。此后，水爷几年不登外甥家的门。

水爷喝酒不讲究，有菜没菜照样喝得有滋有味。特别是对酒不大介意，散装的、瓶装的，只要是白酒就行。水爷只是对啤酒不感冒，说那玩意颜色跟尿似的，喝下肚跟涮锅水一样，没劲。那年中秋节，二女婿提了两捆啤酒，到家孝敬老丈人。水爷鼻子里哼哼着，耷拉着脸，半天没给二女婿丁点笑脸。饭后，二女婿前脚刚迈出门槛，水爷就将两捆啤酒撂到门外，哗啦啦，酒瓶就碎了一地，黄汤横流。二女婿愣在那里，脸色白里透红，半天回不过神来，此后，再也不敢给老丈人带啤酒了。

前些年，水爷上了年纪，身体大不如以前，酒量衰败下来，醉酒的次数也就多了。子女们都在外打工，放心不下水爷喝酒，就无数次在电话里叮嘱娘管一管。这下倒好，老伴应花刚提一个"酒"字，水爷就不耐烦地说："又来了，怕啥哩？我喝酒喝死了，有孙子哭丧哩。"老伴没辙，就背着水爷，偷偷地将床底下的酒偷出一两瓶来，藏在厨房柴火堆里。

水爷身体差了，就不敢逞强海喝了。在家喝，也有意地控制酒量。水爷备下一只玻璃杯，每顿一杯，从不过量，铁打一般。冬天里，水爷就用一只拆下来的旧灯泡做烫酒壶，这是水爷的一大发明。茶缸里倒上热水，再把装了酒的灯泡往里一放，灯泡传热快，一会儿酒就热了。热酒下肚，水爷就眯了眼，脸色嫣红，神仙般畅快。农闲时，水爷酒后就背着手，到自家庄稼地里溜上一圈，哼上几句四句推子，优哉游哉。

酒是水爷的命根子。喝了一辈子酒，那酒就在水爷的骨子里生了根，对酒有了依赖，如果中午十一点半前不喝酒，水爷的手就抖得厉害，簌簌的，像得了鸡爪疯一样。只要酒一沾唇，这手就立刻停止抖动，恢复如常，特别灵验。水爷干活和外出时，兜里就揣了个小酒壶，赶不上饭点就喝上一两口，权当救急。

这年稻子扬花时节,水爷突然大病一场。送到医院,医生检查一通说:"人不行了,准备后事吧。"家人一路哭着,将水爷抬回家,搭在铺草上。水爷头朝外躺在那儿,脸如白纸,气若游丝,一连几天汤水不进。儿女们都赶回来了,跪在水爷床前说:"阿伯,你放心上路吧!"接着又呜呜地哭。这哭声很大,很悲哀。水爷或许是听见了哭喊声,微微睁开了眼,嘴嗫嚅着,想说什么却说不出来,然后昏厥过去,一连一个礼拜不瞑目。

家人不知如何是好,遂请来李半仙。此时的李半仙已是一个鹤首鸡皮、枯骨高耸的老头,但身体还硬朗。他俯下身,扒开水爷的眼睛看了看,又搭手号了一下脉,似乎明白了什么,对家人说:"快倒一盅白酒来。"家人慌忙倒了酒递上。李半仙就将白酒端在胸前,垂首闭目,嘴里念念有词,然后对水爷说:"他伯,你一辈子好酒,没酒走不动路。喝下这盅酒,你就安心上路吧。"说罢,掰开水爷的嘴,将酒慢慢倒下。

挨了一根烟的工夫,水爷就有了反应,先是嘴开始嚅动,接着眼睛也慢慢睁开了,随后手脚也有了知觉。李半仙拍手大叫:"这下好了,又活过来了。"家人既惊又喜,呼啦一下围上来,抱着水爷大哭。水爷缓过劲来,开口就说:"我做梦喝酒哩,那酒真香。你李爹知道我的,他救了我。"子女们转回身,齐刷刷跪在李半仙面前,扑通扑通地磕起头来。李半仙嘿嘿一笑说:"你伯有酒神护着,有的活哩。"

经历了这次起死回生的事后,水爷每月初一、十五都要焚香磕头敬酒神。此后三年里,水爷还是大天离不开酒,还是顿顿喝酒,只是人越发消瘦,背也驼了不少。每次一端起酒盅,老伴就忍不住数落他:"你身子骨都这样了,还要喝哩,干脆喝死算了,我一根肠子也就扯断了。"水爷就龇着牙说:"我死过一回了,阎王爷不收,说我这辈子酒还没喝完哩,寿数没到。"老伴说不过他,只得任水爷去了。

转眼又到腊月二十八。这天阴霾密布,朔风凛冽,间或飘下几颗雪粒,村里零星响起几声鞭炮声,过年的气氛渐浓。水爷没像往常一样早起,破天荒的,老伴煨好酒端到床前,水爷刚喝下一口,就吐了出来,接着又吐出一摊子血来。老伴慌了,哭叫道:"他伯,你这是咋的啦?"水爷十分虚弱,脸色煞白,气喘吁吁地说:"我这辈子酒喝完了,阎王爷催我上路了。我不行了,快去叫人……"

等老伴慌慌张张地喊来邻居时,水爷头歪在一边,已没了声息,那只烫酒的灯泡掉在地上,一地碎渣。这水爷酒海称霸,英雄一世,把岁月腌咸风干,在孤独寂寞中下酒,到头来却因肝癌谢世,叫人唏嘘。老伴和子女们跪在灵前,直哭得死去活来。但水爷已沉沉睡去,一无所知,就如同他当年醉酒一样。

出殡那天,四邻八乡的人们都来为他送行,一路孝白,哀乐声声。水爷的墓地就在村前的鲶鱼岗上。灵柩落土时,老伴哭着抱来当年偷藏起来的酒,让举重(方言:抬棺材)人摆在墓穴中，泪眼婆娑地说："他伯，这酒是你的心肝宝贝，你带到那边喝吧。"外甥想起当年的事就万分羞愧，他请石匠刻了一方碑，竖在舅舅坟前，上凿两个汉隶大字：酒神。

这以后，行人从水爷墓地前走过，总能闻到一股酒香，幽幽的、醇醇的……

老　鬼

老鬼本姓李，只因身材矮坨坨的，人又皮相粗糙，身脸乌黑，圩里人便人前人后叫他老鬼。

这老鬼生性执拗，脾气暴戾，阴晴不定，刚才还好好的，一会儿就翻脸，标准的"鬼变子"，在村里是个鬼不缠、惹不起的人物，做下了一簸箕稀奇古怪事来。

老鬼老婆走得早，丢下老鬼爷仨相依为命。这日子就过得凄苦，家里穷得水洗一般，缸无余粮，灶无柴火，爷仨就伙一床被子，七窟窿八眼的，生满了虱子、虼蚤。

这天晚上，下起大雪，屋里跟冰窖一样。老鬼爷仨盖着一床被子，顾头不顾腚，睡在另一头的两个儿子冻得瑟瑟发抖，就拼命掖被子。这一掖，老鬼就暴露在寒冷中，又往回拽。儿子冻得不行，又掖过去，老鬼再拽回来，一床破被就像拉锯似的被掖来拽去。

此时，老鬼正在瞌睡头上，一下就火了。他嗵地跳下地，摸到剪刀，嘴里骂道："龟孙子，我叫你拽。"咔嚓一刀将被子从中间剪了一个豁口,又刺啦一下撕成两半,一扬手,把半片甩给两个愣怔着的儿子,自己裹着另一半倒头便睡,一眨眼,鼾声便打雷般轰响起来。

冬闲的时候,圩里人便三五成群聚在一起推牌九。老鬼好玩,偏牌技差,十玩九输。牌品也赖,赢钱就走,输钱不掏,圩里人瞧不起他,都不带他玩。老鬼就愤愤不平起来,叉着腰在圩里兜了三圈,一路骂声不绝,跟泼妇似的,直到气喘吁吁方罢。无奈,老鬼牌瘾来的时候,只能将就着跟小孩们玩一把。

这天,老鬼叫来邻家小孩,又喊过两个儿子,四人推起了牌九。老鬼做庄头,三个孩子押。开头是一毛两毛的,老鬼嫌不过瘾,就加码到五毛。老鬼这天的牌运特背,几个回合下来,竟输掉两块钱,寒冬腊月的,汗就下来了。

老鬼啐口痰,一边骂着,一边摸牌。这下,终于峰回路转,赢了一块钱,老鬼把牌九一推说:"割肉疼,出钱也疼,不玩了。"说罢起身要走。邻家小孩一把抓住老鬼的衣襟说:"你还少我五毛钱呢!"小儿子不识相,也跟着说:"也该我五毛。"老鬼剜了小儿子一眼,磨蹭着从兜里掏出皱巴巴的一块钱毛票。两个孩子找不开,要零钱,这下把老鬼惹火了,他唰地抓起毛票,像当年撕棉被一样,哧地一下撕成两半,一人塞给半张,然后背剪双手,黑着脸扬长而去。两个孩子面面相觑,半天回不过神来。

老鬼在邻队有一个大哥,膝下无子,农忙种地,农闲担着货郎挑子溜乡，挣些活便钱。念及老鬼爷仨日子苦，就经常接济他。这天中午，大哥担着货郎挑子来了，还带来了一碗红烧肉。久不见荤腥的两个儿子，顿时两眼放光，像猫儿见到鱼一样，狼吞虎咽地吃起来。

看见侄子们的馋相，大哥眼泪都快下来了，就数落起老鬼："你整天人不人鬼不鬼的，家里糟蹋得跟猪窝样，孩子赤皮露肉，要吃没吃，要喝没喝，真是造孽！"接着，又唠叨起来，"咱生在农村，就要像鸡一样刨食吃。你看我，这把年纪也不歇着，天天有肉吃哩。可你家呢，天天只能吃腊菜、酱豆子。"老鬼听不下去了，啪地把饭碗一摔，血红着眼，要吃人一样地吼道："别啰唆，你走你的阳关道，我过我的独木桥，谁要你可怜？"说罢，端起剩下的半碗红烧肉，朝大哥手里一塞，像撵苍蝇般挥着手说，"你走，你走……"大哥木桩样僵在那里，脸上红一阵白一阵。

那年分田到户，两个儿子外出打工，家里几亩地全靠老鬼一个人侍弄。他里外忙活，人蔫得像霜打的茄子，蓬头垢面，胡子拉碴，越发像鬼一样骇人，几丈开外都能闻到他身上的馊臭味。

干锄黍，湿锄麻，下雨过后锄棉花。头天才下过一场透雨，棉花墒情正好。这天，天刚麻麻亮，老鬼就扛起锄头到六坡地里锄棉花。

坡地上一片寂静，远处传来鸡啼、狗吠、牛叫声，田野上空腾浮着一道蓝如火焰的雾霭，村庄呈现出仙境般虚幻的轮廓。老鬼一辈子生在这里长在这里，田野上的奇景妙色还是第一次领悟，他感到美如做梦。

老鬼顾不得赏景，想赶在早饭前把地锄完。锄了不到一根烟的时辰，老鬼浑身上下就汗津津的，背上像爬满了蚯蚓，痒酥酥的，难受。老鬼干脆将破领衣脱下，甩在一边，光着脊梁锄起来。

太阳已经升起来，锄过的新土在潮气和露水里，散发出一股浓烈的泥土香。一阵凉风吹来，老鬼浑身起了一层鸡皮疙瘩，就慌忙将领衣穿上。锄了一会儿，汗又出来了，又脱下。脱了又冷，再穿上。如此反复，把老鬼折腾得够呛。

领衣穿上热，脱掉冷，这季节也成心和人过不去，老鬼心里就腾起一股邪火。"你个龟孙子！"老鬼大骂一声，突然挥起锄头向地上的领衣刨去，一下、两下、三下……锋利的锄刃，几下就将领衣刨成一堆碎片。老鬼一屁股瘫坐在地上，牛一样地喘着粗气，似乎还余怒未消。

这年，老鬼领衣沤过的几棵棉花长势特别好，叶子黑油油的，棉桃也出奇地大，只是摘下的棉花不怎么白，就像老鬼的脸。

分　赃

一

　　已是下晚酉时。西天的日头像个大脚盆，只剩下大半边露在地平线上，颜色就像切开的半个西瓜，淡红的光焰照在村庄的屋顶上，煞是好看。秋收后的田野一望无际，收割后留下的稻茬子裸露着，在夕阳的余晖里闪着光泽。路边的田地间一片寂静，四下见不到一个人影。远处的村庄里一阵嘈杂，鸡鸣狗吠声不绝于耳。村庄上空，炊烟在暮霭中直直地升腾，恬淡得像一片流云。

　　这样的一幅乡村夕阳图景，对于世代居住在农村的人来说，已司空见惯，没啥可欣赏的。比如这路上的几个行人，对此就一点不感兴趣。

　　在通往黄安大队的机耕路上，急急地走着三个戴草帽的人。他们无暇欣赏这暮色中的田园风光，只顾闷头赶路。机耕路平展展地伸向远方，路的尽头就是他们的家。

走在前首的人，名叫侯老五，四十多岁，细高个，生着馏叉棍似的大长腿，脚上套着一双分不清颜色的劳保鞋，走起路来带着风声，身后扬起一溜灰龙，敞着怀，露出健硕的胸脯。他肩上背着一个鼓鼓囊囊的旧麻袋，里面隐隐约约地传出人说话的声音。他不时地摸一把麻袋里边的东西，迈开长腿，大步流星地往前走，把两个同伴远远地甩在后头。

走在侯老五后首的是马驼子，年龄在五十多岁，身体粗胖，头发稀疏，两耳下垂，后背上像是背着一个枕头似的。他上身没穿衣服，肩上披着一块老粗布手巾头子，汗水已将它浸得发黄，露出黢巴黑的前胸后背，下面穿一件"一把掖"的大裆裤头，一双蒲扇似的光脚走起路来，像鸭子走路似的吧嗒吧嗒直响。眼睛不时地向后面张望着，像害怕谁撵上来似的。他神情有些慌张，一路上跌跌撞撞，就像新娘子织布，有些手忙脚乱，肩上挑着的两只空笆斗很不听话，不是前头的碰了地，就是后面的碰了地，人跟喝醉酒似的不稳当。

跟在马驼子后面的是朱大炮，年纪也有五十多岁了，中等身材，细眉小眼，瘦削的脸上生着一只红鼻子，特别惹眼。他上身穿一件洗得泛白的中山装，扣着一粒扣子，半敞着怀，胸口露着一撮黑毛，下身的黑裤子挽着，脚上穿着圆口粗布鞋，一个大脚指头露在鞋外，像探究什么似的。他推着一辆空木轮小车，车轴和车耳相互摩擦，发出吱吱扭扭的响声，像唱歌一样动听。朱大炮推着小车，不慌不忙地走在最后，一副悠然自得的样子，就像平时下集回家一样气定神闲，完全没有侯老五和马驼子那样慌张、惊恐。

此时，看着前面俩同伴像被鬼撵着似的背影，朱大炮就有些好笑，心里说："毛大的事情就把你们吓成这样，真是井底的蛤蟆，没见过碟大的天，瞎子拉胡琴，没谱，成不了大事。"嘴角不禁挂上一丝冷笑。

"不过，这事做得确实有些丑。"朱大炮转念一想，也不怪把侯老五和马驼子吓得不轻，毕竟这辈子都没干过这样的事情，偷了人家的东西就跑，还不让那个老头撅阿们（方言：骂我们）上八代、下八代，真是乱葬岗上扳老头子——丢大人了。这样想着，朱大炮心里就跟磕碓窝一样，有些不安起来，下午的事就像过电影般地在他脑子里转开了。

今儿个上午，朱大炮正在稻场上摊稻，生产队长叼着一根烟走过来，对他说："大队来通知了，说阿们小队还差几百斤公粮没完成，下午你跟老五和驼子一块，到公社粮站送粮食。这可是轻省活，好差事，旁人还摊不上呢。"说罢，朝朱大炮挤了一下眼，一团烟灰随即跟着掉下来。

"你哪有好眼药水往阿们眼里点？"朱大炮心里骂着，可嘴上还是答应下来。他心里也明白，相比之下，往粮站送粮食，还是比在稻场上晒稻子轻省一些，这打下来的新稻要趁响晴天翻晒，上午晒，下午收，一天下来，人累得腰酸背疼，连鼻窟窿眼里都是黑灰。

平日里，队长看朱大炮他们仨人年龄相仿，干活也卖力，队里的农活需要少量劳力的时候，一般都安排他们出工。就像今天到粮站送稻，就差几百斤，叫朱大炮他们仨人去就足够了，省下其他劳力在家晒稻子。这样的安排，朱大炮他们当然没意见，可就是队长指手画脚那个熊样，让他们有些看不上眼。

这气归气，活还得干。吃过晌饭，朱大炮他们仨人没顾上歇晌（方言：午休），就赶紧往公社粮站送粮食。仨人一辆木轮小车、一副挑子，装稻子前先过了磅，瞎子吃扁食——心里有了麻麻数，足够交公粮了。这侯老五人高马大，身大力不亏，小车自然归他推。朱大炮年龄大些，就用井绳在前面拽着小车，中间给老五换换手，打些小垫子。只有马驼子一人一副挑子，一路吭哧流星地挑到粮站。

到了粮站，仨人洋鬼子看戏——傻了眼，交公粮的人真多。只见送粮食的拖拉机一辆辆地排起了长蛇阵，磅秤前的社员挤成了面疙瘩，争吵声、咒骂声响成一片。侯老五抄起褂襟，擦了把脸上的汗珠子，急吼吼地说："这么多人，什么时候才能轮到阿们?!"朱大炮抹了下红鼻子上的汗水，安慰道："反正阿们下午就这活了，只要不耽误晚上到家吃饭就照。"

仨人不言语了，按先来后到顺序，自觉拉沟（方言：排队）等着验质、过磅。一直等到下午五点多钟，才轮到朱大炮他们。好在怪顺利的，不到两根烟的工夫，就办好了所有手续，拿到了过磅单。总数超了十几斤,超额完成了全队今年的公粮任务。明儿个回去后向队长报告,说不定还能得到他的几句夸奖呢。

仨人一下午忙着排队交粮,一直没顾上解手。现在粮食交掉了,心也定了,一下都觉得尿急,便一起向粮仓东头的厕所走去。当时厕所里就他们仨人,解完手临出门时,碰到一个老头往厕所里走。这人朱大炮认得,是粮站已退休的老站长,以前每年来粮站交公粮时,都能碰到他,这老头不凶,挺和气的,大家伙都喜欢他。听说年前才退下来。

仨人从厕所里鱼贯而出,准备收拾东西回家。刚磨过(方言:转过)拐头子,仨人的目光突然被一个声音吸引过去,窗台上放着一台收音机,正在广播着什么,一会儿男声,一会儿女声,十分悦耳、好听。放收音机的窗台有齐胸高,中间全部用砖头砌实,凹进去一些,外侧的窗台上正好放下一台收音机。

此时,上厕所的人很少,刚才只有老站长进了厕所。这台收音机肯定是老站长临进厕所时放在这儿的,临出来时再提上走。

朱大炮的鼻子嗵地红了一下,他警觉地四下看了看,又看看厕所的门,意识到老站长一时半会儿还出不来,就轻轻地咳了一声,朝侯老五递了个眼色,又对窗台上的收音机努努嘴。侯老五一下明白过来,略微迟疑了一下,突然蹽开大步,几步冲到窗台前,拿起收音机往麻袋里一塞,朝肩上一背,头也不回地向粮站大门走去。

"哎，哎……"马驼子刚想说什么，一抬眼，看到朱大炮刀子似的目光和红彤彤的鼻子，吓得把话咽回去了。他顾不上招呼朱大炮，慌忙挑起空笆斗，连走带跑地撵侯老五去了。刚走了两步，被脚下的砖头绊了一下，人差点摔倒，两只空笆斗就一前一后地碰了地。

真是搪瓷缸里腌咸鱼——没出息，朱大炮在心里骂了一句。他抬眼看了一下厕所门，又摸了一下红鼻子，这才弯腰推起木轮小车，慢不拉唧地朝粮站外走去。在粮站门口，朱大炮遇到邻队几名送粮食的社员，还和他们叫巧逗了会儿能个（方言：开玩笑）。

一路上，仨人都只顾揙头（方言：低头）赶路，一直够不上说话。侯老五年轻力壮，腿又长，自然走在最前边。马驼子又矮又胖，像做了天大亏心事似的慌张，一路上栽跟头、竖星星（方言：蜻蜓）般往回赶。只有朱大炮跟没事人一样，不慌不忙地推着木轮小车，不紧不慢地走在最后面。天已擦黑，路上行人不多，没人看到朱大炮他们。

浑黄的月亮探出头来，机耕路上渐渐明晰起来。一阵凉风吹来，两边的泡桐树叶发出沙沙的响声。借着浅淡的月光，前边村庄上空的树影依稀可辨，就要到家了。

这时，前面传来侯老五催促的声音："你俩真肉，晌午可没吃饭？一步都踩不死蚂蚁，走快些。"朱大炮和马驼子也不答话，加快脚步赶上去。

侯老五拉巴（方言：叉）着腿站在原地等候，一只手拿帽头子（方言：草帽）扇着风，麻袋已从肩上放下来。见朱大炮和马驼子到了跟前，劈头就问："这怎么搞？"说罢，抖了抖另一只手里提溜着的麻袋。

马驼子出了口长气，目光转向朱大炮，示意朱大炮拿主意。这方圆几十里都知道朱大炮的大名，他是蛤蟆吃骰子——满肚都是点子。

朱大炮低头略想了一下，压低声音说："这样吧，阿们不忙回家，先到棉花田那里再讲。"

到棉花田搞什么？他葫芦里到底卖的什么药？朱大炮这会儿是六个指头划拳——又出新花招了。侯老五和马驼子对视了一眼，也不多问，重新操起家伙，继续向棉花田方向走去。

棉花田在村东头的六坡地上，这里有几十亩坡田，原来是坟堰地，迁坟还田后，生产队就安排种了棉花。这块棉花田远离村庄，除了打药锄草时间外，平时很少有人来，相对比较安静。

仨人到了棉花田，都一屁股瘫坐在田埂上。侯老五不停地揉着自己的大长腿，马驼子背过手去捶起枕头似的驼背，朱大炮也捏起了自己的红鼻子。一下午经历了这么多事，仨人都累散架了。

"大炮，烟呢？"侯老五伸出一只手，向朱大炮要烟抽。朱大炮白了他一眼，只是侯老五在夜色中没看见。朱大炮抖抖簌簌地从中山装衣兜里掏出"玉猫"烟来,递给侯老五一根,自己也叼上一支,用洋火点着吸起来。两根烟在夜色里忽明忽暗,像鬼火一样,有些瘆人。

侯老五过足烟瘾,忽然来了精神,说:"一下午跟跑日本反样,还没顾上看看这宝贝呢。"说罢,自顾自解开麻袋上的绳头子,小心翼翼地捧出收音机来。

这时,收音机里正在播放《大海航行靠舵手》的歌曲,激昂的旋律在棉花田上空飘荡着。马驼子一下站起来,紧张地朝四周看了下,有些口吃地说:"快快快,别叫旁人听到了……"

朱大炮咳了一下,低声熊(方言:骂,批评)他道:"你怕个屌,这四下连个鬼影子都没有,看把你吓得尿都尿裤裆里了。"马驼子悻悻地坐下,再也不敢出声了。

朱大炮凑过来,小心地摸着收音机润滑的机身,问道:"老五,这戏匣子声音有些大,你看可能关掉?"

"阿趟趟(方言:我试试)。"侯老五摸索了半天,也没找到能关掉声音的东西。朱大炮心里说,又是白芋头子一个,真就是那糠心萝卜——没用。"这个可是的?"马驼子也凑上来,自作聪明地指着收音机前面像齿轮一样的东西说。

侯老五狠狠地在马驼子的手上拍了一下,训斥道:"别戳,戳坏了你可赔得起?"马驼子吓得一哆嗦,赶紧把手缩了回去。

夜露上来了,一阵凉风吹过,马驼子不禁打了一个冷战。朱大炮看摆弄半天也弄不出个所以然来,就对侯老五说:"关不掉算了，今晚黑就藏在棉花棵里，没人听得见。天不早了，其他的事明个再讲吧。"

仨人站起身来，拍掉屁股上的草屑和灰土，各自收拾起家伙。还是侯老五刷刮（方言：快速、敏捷），他背起麻袋，朝棉花田的深处走去，忙活了一阵子，才放心地返回田埂边。侯老五空着一双手，马驼子挑着空笆斗，朱大炮推起小车，仨人一路无语，悄无声息地回到村庄。

此时，村子里一片寂静，劳累了一天的社员们早已进入梦乡。偶尔有一两声狗叫，给宁静的村庄增添了一丝神秘的气息。月光从树隙间洒下来，在地上留下斑斑驳驳的树影。整个村庄里，只有朱大炮他们仨人家的窗户上还透着微弱的灯光。

侯老五一脚踹开家门，又一腿踢开蹿上来片脸（方言：显摆、炫耀）的大黄狗，他早就饿得前胸贴后背了。顾不上洗手，端起桌上一瓷盆饭就呼噜呼噜地吃起来。他家里头（方言：老婆）见状，在一旁笑道："慢一些，没人跟你抢，就是一个饿死鬼托生的。"侯老五也不吱声，自顾自地大嚼大咽起来。饭后，侯老五用手背抹拉一下嘴，脚也不洗，到东头屋里倒头便睡。不到两秒钟，震天动地的扯呼声便打雷样地响起来。他家里头闻到一屋子的温巴臭，摇了摇头，就从床上拿起一床被叶子，到西头屋和丫头挤了一宿。

再说这马驼子，到家后坐在板档上直卖呆，像丢了魂似的，半天都不动屁股。老伴催了几次，才懒洋洋地拿起筷子，扒到嘴里的饭就像水牛吃地梨子，不知其味。老伴问哪里不舒服，他哑巴似的半天不吱声，心坎上像挂了秤砣似的沉重。一碗饭倒叱（方言：扒拉）半天才吃完，老伴才要给他添饭，他摆摆手说："噎（方言：吃）饱了。"老伴愣在那里，心想，这老头子怎么了？平时一顿能噎三碗饭呢。这一夜，马驼子一直被噩梦纠缠着，不是梦见老站长指着鼻子骂他是小偷，就是梦见派出所所长拎着一副"银镯子"要铐他。无数次从噩梦中惊醒，浑身的冷汗就跟瓢泼似的。到了下半夜，他索性坐起来，干脆不睡了，睁着一双空洞无神的眼睛看着窗棂子，一直挨到天亮。

倒是这朱大炮颇有大将风度。他回到家里，像平时一样，用胰子洗了手和脸，又歇了半晌，待恢复了精神，才踱到大桌前吃饭。他蹲在大板档上，就着青辣子炒大豆，喝了二两"八毛冲子"，中间兴致高的时候，还哼了两句样板戏。看着老头子不紧不慢的样子，老伴打着哈欠催促道："他伯，天不早了，赶紧扒两口饭，趁早睡觉吧。"朱大炮摸摸红鼻子说："急什么？慌老婆嫁不到好汉子，要睡你先去睡吧。"老伴无奈，只得自个儿先睡下了。这人一上年纪，瞌睡就少了，不像年轻人那样头一倒就扯呼。这晚黑，朱大炮勉强躺在床上，就像老太太数鸡蛋，翻过来倒过去地睡不着，好像在思谋什么大事似的。直到鸡叫二遍，才迷迷糊糊地睡去。

二

第二天早上出工时，朱大炮就把昨天卖粮食带回来的过磅单交给队长。队长嘴角叼着纸烟，笑眯眯地说："不错，不错。"说罢，还在朱大炮的肩头拍了一下，意思是帮队里装局（方言：长脸）了，挣到了面子。一旁的侯老五顺蛋仆（方言：献媚）样地赶紧凑到跟前，虾弓着腰讨好地说："昨天把阿们累得够呛，脊梁沟不对屁股沟，人真他娘的多……"队长点着头，烟灰就跟着掉下来。这时，队长忽然想起了什么，说："噢，大炮、驼子、老五，你们三个上午到鲶鱼岗去，把小塝里的土粪都夿掉。按农时季节，白露前，快种麦，该预备种麦子了。"侯老五抢先点头哈腰地应承下来。

吃罢早饭，又到上工时间了，朱大炮、侯老五、马驼子仨人走出家门，每人肩上都扛了一把大铁锨，他们按照队长早上的吩咐，这咱子（方言：时候）要到鲶鱼岗上夿肥料。

正是深秋时节，空气中弥漫着一股果实的甜香，淡淡的雾气在田野、村庄上空飘浮着，像笼罩着一层薄薄的轻纱。东天的日头慢慢地升高了，热气四散开来。鲶鱼岗上，几头臊牸子（方言：大牸牛）在悠闲地啃着青草，时不时地抬起头来，朝朱大炮他们这边乜斜几眼。

朱大炮他们仨人干了不大一会儿，就大汗淋漓，像得了哮喘般地喘起来。朱大炮朝队长和大队人马干活的方向触（方言：看）了一眼，把铁锨朝地上一扎，向侯老五和马驼子摆摆手说："哎，你俩过来一下。"

侯老五和马驼子就走到朱大炮跟前，仨人一起蹲了下来。朱大炮擦了把红鼻子上的汗，从兜里掏出烟来，自己先叼上一根，又递一根给侯老五。过了半晌，朱大炮说："趁这歇歇子的工夫，阿们来商议商议这戏匣子的事。你俩怎么想的？"

侯老五吐出一口烟，抢着说："一大早，阿者该（方言：伪装）到六坡地那边薅猪草，到棉花田看了一家伙，戏匣子还在，还在讲话哩……"

"哦。"朱大炮点点头，说，"这下一步棋怎么走？老是藏在棉花棵里也不算事，叫旁人晓得了，麻烦可就大了。"

马驼子不由自主地打了个哈欠，四下看了看，然后小声地说："这太平庵不坐（做），偏要去坐（做）八角寺（事），真不划算。依阿看，还是把戏匣子给人家送回去吧。昨晚黑，阿吓得一夜都没睡好，老是做梦。"顿了顿，又接着说，"这戳过包（方言：惹祸），阿心里不安泰，从昨儿个到今儿个，阿这里一直在扑通扑通地跳，阿祖上八代可都没偷过人家的东西。想想真腌臜，如果因为这事蹲劳改、吃花生米，阿哪有脸到阴曹地府去见祖先……"

没等马驼子说完，侯老五气得把烟头一扔，怒骂道："不看你年纪一大把，阿真想搂脸给你一耳巴子。这一人做事一人当，戏匣子是阿拿的，要蹲劳改、吃花生米也轮不到你，脑袋掉了碗大个疤瘌，你怕个屌？你个熊人，就是耳巴子料，今儿个起，你就把脑袋掖到裤裆里吧，省得你这老不死的怕这怕那。"

"你，你……"马驼子一下站起来，脸涨成了猪肝色，看着侯老五一副红眼马愣要吃人的样子，一时竟气得说不出话来。

朱大炮拉了一下马驼子，劝解道："好啦，都少讲两句。你俩是一个指头和面，净搞。可你们搞得鳖翻蛋样，哪管经？这扒过豁子，要想点子填上。眼下最要紧的，是赶紧把戏匣子的事给日摆（方言：修理）好了，这才是石敢当砌街——规规矩矩是正路。"侯老五和马驼子都气鼓鼓的，把脸别向一边，你不捋（方言：理睬）我，我不捋你。

见俩人不吱声，朱大炮继续开导说："这件事啊，没你俩讲得那么严重。老话讲，捉奸捉双，捉贼拿赃，这戏匣子阿们拿了不错，可这不能算偷。主要是这玩意儿稀罕，阿们都没见识过，拿回来听听没啥大不了的，顶多只能算借。井里蛤蟆酱里蛆，算不了一回事。再说了，阿们拿这戏匣子又没人看见，老站长那老头儿也想不起来是阿们拿的。退一万步讲，就是老站长知道是阿们拿的也不管经，阿们认得他，他又认不得阿们，昨天卖稻的有那么多人，他哪里对得上号？讲阿们拿他东西，他又没逮到阿们的手颈子，这没凭没据的，就是老站长报案了，派出所到哪里逮人去？你们想想，是不是这么回事？"

"咳，阿们都傻透气了，怎么就没想到这些？"侯老五拍了下额勒头子（方言：额头），咧开大嘴笑起来。马驼子的脸色有所缓解，也跟着嗨嗨地干笑起来。

"那，阿们接下来怎么搞？"侯老五和马驼子几乎同时问道。

朱大炮朝队长他们干活的方向又触了一眼，转回头说．"依阿讲，你俩都不要火燎毛样，棉花要慢慢地纺，事情要慢慢地做。这俗话讲，有事要胆大，无事要小心，办事要牢干（方言：牢靠）。依阿看，今个儿先看看上面动静再讲。大树不倒，小树不现，阿们该干啥干啥，别那样慌里慌张的，当心旁人看出什么破绽。到了晚黑再没有什么动静，老五你去把戏匣子拿回来，阿们仨一对一晚黑打临（方言：轮流）听，这样可好？"

"照，照，阿们都听你的安排。"侯老五和马驼子鸡啄米似的连连点头。

过了一会儿，朱大炮解劝马驼子说："你是一尺木头劈四开，一点不大方。不要怕，这怕鬼有鬼。再者讲，一群鸭子都下了塘，就剩你一个能不跟吗？阿们仨是一条绳上拴的蚂蚱，跑不掉你，也跑不了阿。这打上花脸就得唱，谁个也站不到干地点。你讲是不是？"马驼子揳着头，一句话都不说，一颗冬瓜似的大脑袋就差没擩到裤裆里了。

这时，侯老五像想起什么似的，连忙说："这戏匣子是阿拿的，又是阿背回来的，阿得开头听。"

马驼子翻了一下白眼珠子，想说什么，但只是嘴唇动了几下，最终什么也没讲。

朱大炮说:"谁先谁后那还不好讲?这样吧,老五你先听,驼子第二个听,阿最后一个听。这样都没意见了吧?"

侯老五和马驼子都点点头。

"还有一件事,"朱大炮补充说,"这戏匣子的来路,哪个都不能讲,鞋底线拴豆腐——提也不要提。你们家里头要问,就讲是从阿这里借来听听的。阿侄子家有这东西,还会修理,讲起来她们都能信。"

"好,好……"侯老五和马驼子俩人的头点得跟八哥子一样。

看看天色不早,仨人散开,继续庠粪。一日无话。

这天晚上,天刚一擦黑,侯老五匆匆扒了几口饭,就火烧屁股般地出去了。不到两根烟的工夫又回来了,他背回来一只鼓鼓囊囊的旧麻袋,里面似乎有人说话的声音。

侯老五家里头一见,忙从丈夫肩上接过来,好奇地问:"哟,这是什么东西?"

侯老五答道:"是宝贝,你看看就知道了。"

侯老五小心地解开麻袋,轻手轻脚地捧出收音机,端端正正地放在八仙桌上。

马灯下,一台崭新的"黄山"牌收音机呈现在侯老五两口子面前:白膛子,红机壳,锃明瓦亮,在灯光下发出诱人的光来。侯老五从昨天下午拿到手到现在,还没顾上仔细看看这台戏匣子。这会儿,他轻轻地抚摸着光滑的机壳,有些爱不释手。

那年月，社员家里只有纸喇叭，一天三次响，有时还没听过瘾就没声了。这戏匣子可是稀罕物，只有大队干部家才有这样的宝贝。这东西见过的人不多，特别像侯老五家里头这样的乡下黄脸婆，更是没的见了。这会儿，她问侯老五："哎，当家的，这宝贝从哪儿弄来的？"

侯老五嘟囔了一声："借的，大炮家的。别多问了，你只管听就是了。"

这天晚上，收音机里正在播放全场的革命样板戏《红灯记》，侯老五两口子兴奋得像个孩子，脸上放着光，跟从稻田里白捡回一瓷盆鲫鱼似的。侯老五怕费灯油，就噗的一声吹灭了马灯，和他家里头一起坐在暗影里听戏。听到李奶奶痛说革命家史那段时，他家里头也跟着抽泣起来。

一直到晚上十一点多钟，全场戏才结束，侯老五两口子还意犹未尽。这时，只听戏匣子里一个女声说："今天第三次广播到此结束，明天早晨五点五十五分再会。"随即，收音机里传出一阵刺刺啦啦的声音，此后再也没有了任何声音。

侯老五蹽到东头屋的大柜前，翻出一块头年家里盖房上梁时剩下的大红青年布，盖在收音机上，又呆呆地坐了半晌，然后才恋恋不舍地回房睡觉。这一夜，侯老五梦见自己和李铁梅结婚了……

临到马驼子听收音机时，他家里就像过年一般隆重。马驼子怀里抱着戏匣子，一路慌张地跑回家，那架势就像怀里抱着一个三个月大的婴儿,生怕一不小心摔坏了似的,光脑门上热汗涔涔,大裆裤头几乎要掉下来。老伴刚想伸手摸一下,马驼子眼一愣,重重地在她手背上打了一下,学着侯老五的腔调说:"别戳,戳坏了你可赔得起?"老伴吓得一哆嗦,赶紧把手缩了回去,嘴里日咕(方言:嘀咕)了一句:"金贵得八宝样。"马驼子刚想抢白两句,回头看看老伴的脸色,就软了下来。

马驼子从柜子里找出一床大半新的被套,端端正正地搁在堂屋里的椅子上,又小心地把收音机放进被套夹层里,这才坐在马扎上听起收音机来。戏匣子里正在播放革命歌曲《翻身道情》,隔着被套,声音有些小,马驼子挪挪屁股,把耳朵贴在被套上,神情专注地听起来。老伴也学着他的样子,把耳朵贴在被套边听着。这天晚上,马驼子两口子像又添了个带把的大头孙子一样,兴奋得几乎一夜未眠。

临到朱大炮家时,他没有急着去听。他想,这戏匣子老是关不掉也不是个事,广播一响,叽里呱啦的,邻居们听到不知道怎么回事,这驴不走磨不转,露了馅了,也不好解释。眼下最要紧的,就是把收音机的开关问题解决了。朱大炮就想起了侄子,会推磨就会打碾子,这个屁大点的事,他肯定是三个指头捏螺蛳——手到擒来。

于是,朱大炮就趁着夜色,找来麻袋把收音机背到侄子家。朱大炮没向侄子隐瞒,一五一十地将得到戏匣子的过程讲了一遍,临了还嘱咐侄子不要把事情说出去,因为这事总归不是那么光彩。侄子满口答应,拿过收音机来,手把手地教他怎么开关、怎么调台,还啪的一声打开后盖,一一指点着机肚子里的零件让他看。

朱大炮按照侄子教给他的操作方法,试着进行了几次操作,还别说,真是灵验。他下意识地摸了一下红鼻子,叹息道:"这么简单的事情,阿们都不会,看来真是老了,山货架子后面的东西——搁货。"

回来的路上,朱大炮脑子里老是纠结着一件事情,开关收音机的卯窍(方言:窍门)要不要教给侯老五和马驼子呢?不教吧,戏匣子白天黑夜地响着,好费电池,十几个鸡蛋才能换一节,真是败祸头(方言:败家子)。教吧,刚刚学到手的诀窍就传给旁人,他多少有些不情愿。更要紧的是,朱大炮有些不粗坦(方言:不看好、不高兴)侯老五和马驼子,俩人一见面就跟老公鸡斗架似的,一个劲地吵,各人拨拉各人的小算盘,光为自己打算,这些年来,一直打心眼里瞧不上他们。朱大炮最后拿定了主意,这打拳师教徒弟,要得留一手,看看局势再说。

不过,跟侯老五和马驼子收听节目的兴趣有所不同,朱大炮专门喜欢听"新闻和报纸摘要""全国新闻联播"这样的节目,他关心的是国家大事。从戏匣子里,朱大炮知道了很多事情,这就为他在干活休息时拉聒侃空增加了一些谈资。一些从未听过的新鲜事,像铁锅炒豆子样从他嘴里蹦出来,社员们围在他身边听得津津有味，比李瞎子说的大鼓书还吸引人。从此，朱大炮的形象和地位，在社员们的心目中渐渐高大起来。

朱大炮的心里跟熨斗熨过一样舒坦。晚上收工回到家里，老伴早就把饭菜端上桌了，每晚靠持（方言：固定）一盘鸡蛋炒辣子，"八毛冲子"酒也从以前的二两增加到三两。朱大炮心里暗笑，这老婆子也势利眼，知道顺杆爬了。朱大炮这阵子就像火爆玉芦（方言：玉米）一样地开心，他心里一舒服，酒自然喝得兴致高涨，有时还红头涨脸地来上几句样板戏。只是他的鼻子更红了，像一个红辣子粘在脸上。

三

朱大炮没舒坦几天，又遇上了一件烦心事，这让他像病了一样，很不舒坦。

那天晚上，朱大炮刚撂下饭碗，侯老五和马驼子一前一后地走进来。借着罩灯一看，俩人脸色都很难看，像刚吵过架一样。侯老五呼哧呼哧地喘着粗气，胸脯一起一伏地像拉着风箱。马驼子脸班子（方言：脸蛋）上像盖了一层酱豆子，黑黄混杂，滴溜打挂，肩上的大手巾头子扭向一边，大裆裤头上的裤襻一头散着，像死长虫一样耷拉着，整个人一副垂头丧气、软不叮当的样子。

朱大炮心里笑着，脸上却不动声色。他依旧坐在小椅子上，仰仰下巴颏子，招呼俩人坐下来。侯老五气鼓鼓地哼了一声，拉过大板档一屁股坐下。马驼子像没听见似的，愣瓜一样地站着，就像一个受气的小媳妇。

还没等朱大炮开口，侯老五这个愣头青就抢先说道："大炮，你给阿们评评理，这驼子太不像话了，有他这样的人吗？"

朱大炮笑道："一个槽上不能拴两头老叫驴。你俩是斗红眼的老公鸡，这咱子怎么又斗上了？什么事？慢慢讲。"

侯老五说："今晚上轮到阿听戏匣子了，吃过晚饭去抱的时候，他耍赖不想给，想再听一晚黑。阿一听就急了，这时间都排好的，一对一晚黑听，他要多听一晚黑，阿也要多听一晚黑，这样不就乱杂毛样？去屎！阿去抱，他不让，就往回拉，阿就夺，差点把戏匣子摔到地上。阿一气，就揉了他一把，他一屁股坐在地上，又是跺地又是拍脚地撅人，跟个泼妇样。你讲讲，哪有这样通联（方言：接连）倒便宜的人……"

马驼子睁着牛眼，紧跟着说："你简直活逗猴，今晚黑轮也轮不到你，是大炮的，阿当然不能给你。"又转向朱大炮说，"阿就想多听一时，他蹿上来就抢，阿不给，他就把阿翁（方言：推）到地下睡着。他手劲那么大，阿的屁蛋班子现在还生巴疼呢。他、他，就是个皮老妖、鬼不缠、大猫子……"

马驼子还想撅下去，看到侯老五挥动了一下板生子（方言：板斗，量米的工具）一样的拳头，吓得把到嘴边的话又憋了回去。

朱大炮听出了大概，拉弯子（方言：劝解）说："好大个事，不就是谁先听谁后听的事吗？犯不着俩秃子抵头——操蛋。"顿了顿，又看看俩人的眼神，继续道，"你们看这样可照？驼子今天还听一晚黑，老五你从明天起连听两晚黑，阿排在顶后头，你俩听好了阿再听，怎么样？"

侯老五看了一眼马驼子，有些愤愤不平地说："你当眼子（方言：冤大头），倒叫他捏巧倒便宜，哼！"

马驼子梗着短脖子顶嘴道："哪个捏巧了？谁倒便宜谁买药吃。"

眼看俩人又要掐起来，朱大炮赶忙制止说："好啦，都不要讲了，都是邻里乡亲的，鼻涕流到喉咙里，吃亏沾光没外人。就这样吧。"

侯老五和马驼子起身前后离去，朱大炮盯着他俩的背影，笑着摇摇头，心里说，三年不成驴，到老还是驴驹子。

一眨眼，几天过去了。由于朱大炮他们仨人事情做得雅密（方言：隐秘，周详），村里人都不知道他们捡了个戏匣子，连消息最为灵通的生产队长屄也没摸上，看来侄子是燕子衔泥——嘴怪紧的，没对旁人吐露一个字。朱大炮悬着的一颗心终于放到肚子里。这会儿，朱大炮的心里是天亮下大雪，明白得很，这外面风平浪静的，可他们仨人的窝坨（方言：圈子）里却暗流涌动，早晚要出事，他有这个预感。

果然不出所料，侯老五跟马驼子又搞了起来。

这天晚上，朱大炮刚端起酒来，酒盅还没沾唇，只听院门咣当一声被人推开了，侯老五和马驼子一前一后风风火火地驱缕（方言·快速）进来。侯老五手里抱着那台收音机，马驼子意外地将肩上那个泛黄的手巾头子抓在手里，光着黢巴黑的膀子，俩人都气得洋熊（方言：非常厉害）样。

朱大炮一见，知道俩人又吵上了，便欠了欠身，招呼道："来来，刚上桌，过来喝两杯。"

侯老五没好气地说："喝个尿，气都气饱了！"

朱大炮笑笑，并不介意，伸手把侯老五按坐在大板档上，又递给马驼子一把小竹椅子，说："来，你坐。"

待俩人稍微平静一下，朱大炮一反常态地教训起他俩来："真难做（方言：讨厌，难缠），今晚黑又怎搞的？捣得阿连饭都吃不安。你俩三天两头捣蛋，嫌不嫌丢人？都土坷垃埋到脖颈的人了，怎么都没个正形？不就是那个戏匣子的事吗？犯得着这样吹胡子瞪眼吗？有什么不好成见（方言：商量）的？光吵有个屁用，可能解决问题？就知道吵，阿都替你们丑得慌。"

刺溜一声，朱大炮喝了一口酒，又夹了一块鸡蛋炒辣子放在嘴里嚼起来。他抬眼扫了一下，见侯老五和马驼子都低着头不吱声，知道刚才一番话起作用了，心说，就要先下手为强，杀杀他俩的威风。

侯老五和马驼子从没见朱大炮发过这么大的脾气，一时竟忘了来这里的目的，只能干坐在那里，看着朱大炮吃喝。

过了半晌，侯老五耐不住性子，咕哝着说："大炮你先消消火。其实，也没什么大不了的，阿就是看不惯他老嬷子（方言：媳妇）那副德行……"

马驼子霍地一下站起来，小竹椅子随即也向后面倒下去，发出当的响声，把一屋子人都吓了一跳。他结结巴巴地争辩道："你、你、你老嬷子也不是个玩意，阿、阿去抱戏匣子，她挂着个吊死鬼脸，那脸上都能刮下死水子了……"

侯老五反击道："你是吊死鬼卖屁股——真不知道丑。还有脸在这讲呢，你老嬷子的脸拉得比驴脸班子还长，脸不是脸，屁股不是屁股，跟阿该（方言：欠）着你家钱样。他娘的，不看不是好事，一砖头给它砸了，阿们都不要听……"

啪的一声，朱大炮一掌拍在方桌上，菜碗、酒盅子都跟着跳了一下。他吼道："别吵了，要吵滚出去吵！"

侯老五脸上哆嗦了一下，马驼子的眼睛也跟着挤巴了几下，俩人都给镇住了。屋子里立刻安静了下来，只听见条几上座钟嘀嗒嘀嗒走动的声音。

见俩人半天不言语，朱大炮又呷了一口酒，很响地吧嗒了一下嘴，像最后下定决心似的说："这老话讲，分久必合，合久必分，凑合不成生意，将就不成买卖。唉，为了这戏匣子的事，你俩敞头（方言：经常）捣蛋，眼里灰星子都下不去，这不算个事，早晚要掰砂锅子。依阿看，不能照老五讲的给它砸了，那样怪可惜的，倒不如分掉算了，省得你们怄气。"说罢，抬眼扫了一下侯老五和马驼子,想看看他俩的反应。

侯老五和马驼子相互对视了一眼,半天没回过神来。"分掉?这一整块铁疙瘩怎么分?"俩人不约而同地问道。

朱大炮又喝了一口酒,不紧不慢地奚呱(方言:奚落)道:"真是咸吃萝卜淡操心,杀猪割尾巴——各有各干法,阿自有法子。"至于是什么法子,他没讲。

侯老五抢先说:"那照,分就分吧,阿的气受够了。"

半天没吭声的马驼子,这时也挺了挺驼背,附和道:"就的(方言:是的),这玩意儿就是个蛋根(方言:祸根),分掉好,省得再捣蛋。"

朱大炮见俩人都同意了自己的意见,火气下去了,脸上就有了些笑容。他又补充说:"不过,这戏匣子一分开,可就不管听戏了,你们可别反悔,这世上可没后悔药卖噢。"

侯老五和马驼子又相互看了一眼,似乎有些犹豫。但立刻又恢复过来,跳河闭眼横了心,一副态度坚决的样子。

侯老五说:"要不听阿们都不听,这样公平!"

马驼子也说:"就的,都不听就安静了,省得阿每天都提心吊胆,跟做贼一样,还要看人家的脸色,腌臜死了。"

朱大炮又啪地拍了一下桌子,桌上的菜碗、酒盅又跟着跳了一下。他高兴地说:"照,就这么定了,明晚黑你俩还到这来,阿们分东西。"

临走时,朱大炮叫侯老五把戏匣子留下来,他说等一下去叫侄子过来，帮忙把它拆了。末了还特别强调说，隔行如隔山，常说口里顺，常做手不笨，他侄子懂头（方言：了解），刀快头皮光，弄这个还不是裤裆里逮虼蚤——小事一桩？侯老五想也没想，把收音机留下来就杠（方言：走，回）家了。

第二天晚上，月姥姥早就挂上了树梢。此时正是月半，月亮饱满清澈，把村庄照得一片通明。孩子们趁着月亮头，在村庄空地上玩着藏老猫的游戏，欢笑声和着狗叫声，在村庄上空回荡。

按照昨晚上的约定，侯老五和马驼子俩人饭碗一推，就径直朝朱大炮家溜去。

走进堂屋，朱大炮早已等在那里。见俩人进来，朱大炮忙着递烟、倒茶。马驼子从未受过这样的礼遇，受宠若惊般地一个劲地点头哈腰，驼背就一耸一耸的。

这时，侯老五无意间朝大桌子上看了一眼，那台崭新的收音机不见了，变成三堆支离破碎的零件，心里不由得怦地跳了一下。尽管昨儿个已经知道现在的结果，但他还是有些舍不得。事已至此，再讲淌口水话（方言：服软）有屌用吗？心里叹道，天要下雨，娘要嫁人，由他去吧。

朱大炮待俩人坐定，像队长平时给社员们开会一样的有派头，尽管连自己才三个人，但这并不影响他的情绪。朱大炮习惯性地咳了一嗓子，又下意识地摸了下红鼻子，这才慢条斯理地说："根据大家的意见，你们走后，阿把侄子叫过来，帮忙把这戏匣子拆了,分成现在桌子上的三古堆。"侯老五注意到,朱大炮把"大家"两个字讲得很重,似乎在表明不是他一个人的主意,就没往深处想。

朱大炮抬眼扫了一下侯老五和马驼子,看看没什么异样,就继续说道:"这戏匣子是阿们仨人一起拿回来的,干塘里逮野鱼,人人有份,有福同享,有难同当。现在就因为听戏匣子这么个芝麻粒大的小事,出现了一些矛盾,没办法调说到一块。既然尿不到一个夜壶里,就好聚好散,分掉算了。这东西是个洋货,不能像阿们分稻、分麦子一样秤称斗量,三眼枪打兔子——没个准头,只能大致争不多(方言:差不多)。"

说罢,又抬眼看了一下侯老五和马驼子。侯老五正歪着头,嘴角叼着纸烟,吐出的烟雾往上升腾,眼睐缝着,看不出什么表情。马驼子低着头只顾喝水,吹一下,喝一口,跟个局外人一样,心里却在撅自个儿,你是麻雀跟着蝙蝠子飞——熬眼带受罪,活该!

朱大炮挪了下屁股,指着桌上的零件说:"这戏匣子拢共分成三古堆,阿们仨一人一古堆。这是电池,这是壳子,这是杂碎。这些东西是擀面杖分长短——大有大用,小有小用。这电池最有用,拿回去放到电棒(方言:手电筒)里就管,夜黑头照路保管雪亮雪亮的。这机壳子也有好处,带回去给家里小孩当玩具,比天天老是玩摔泥炮、捏泥人有意思多了,这必定是个新鲜玩意,小孩们哪见过?只有这堆杂碎屑用没有,丝丝拉拉、七洞八眼的，溜乡的货郎挑子都不愿意收，磨上半天，好话说尽，顶多可能换两根纸烟，大致就这么个情况。分的时候，阿们也要正理公道，讲个风格，不能磕一个头放三个屁，做局没有丢人多。也不抓阄了，你们先拿，剩下的归阿。你俩看看，可有什么意见？"

侯老五、马驼子辣钵捣蒜似的连连点头，嘴上一迭声地说："没意见，没意见，就照你讲的来。"

在正式分的时候，侯老五提出了很奇怪的理由，他说戏匣子是自个儿装到麻袋里，一路背回来的，没功劳也有苦劳，没苦劳也有疲劳，应该优先照顾。再者说，家里的电棒正好没电池了，拿回去就顶用。其实，侯老五心里早有打算，四节电池送给队长两节，日后好有个照应，自己留两节，一斤的酒瓶装十两，正好。不过，他嘴上没讲。

朱大炮和马驼子俩人对看了一下，都点头同意了。侯老五生怕旁人抢了似的，大手一挥，闪电般地将四节电池抓过来，分头装在两边的裤兜里，随手将装电池的塑料筒子一扔，然后退到一边，脸上是一副满足的神情。

轮到马驼子挑东西时，他弓着驼背，慢条斯理地琢磨了半天，一会儿看看机壳子，一会儿又看看那堆杂碎，一副拿不定主意的样子。一只手几次想伸上去摸一摸，但到半路上又缩了回来。侯老五不耐烦了，在一旁催促道："瓜田挑瓜，挑得眼花。磨叽熊吗，随便拿一个就是了。"马驼子抬眼盯着朱大炮

说：''阿要壳子，拿回去给阿家小孙子玩。''朱大炮笑笑说：''照啊，你拿吧。''

桌子上只剩下了那堆杂碎，这自然归朱大炮所有了。看着那堆破烂货，侯老五和马驼子心里很不得劲，眼神就有些个不安。朱大炮挥挥手，无所谓地笑笑说：''这老话讲，一人难满十人意，十人难称一人心，没有人人满意的事情。不过，这就是耳朵丫掉下一根烟来，毛大的事，吃亏倒巧又没到人家。''对于朱大炮的宽宏大量，侯老五和马驼子佩服得五体投地，就差没跪下磕头了。

一切顺利，干净利郎（方言：利索），侯老五和马驼子欢天喜地屁颠屁颠地走了。看着他俩离去的背影，朱大炮又习惯性地摸了下红鼻子，嘴角露出一丝狡黠的笑，心里说，这两个笨蛋知道个毛，这堆杂碎，才是真正的宝贝。

几天后，朱大炮家里又传出了收音机的声音，戏匣子里的李铁梅正在唱：''打不尽豺狼，决不下战场……''

柳条马

拿一个词来形容石头和木头之间的友谊，只有"发小"才最为贴切。

石头和木头同年同月生，一个在上半月，一个在下半月，中间相隔十几天。石头为大，木头为小。

这俩兄弟天生有缘，小鸡拉塘灰时就在一块玩耍，是一对地地道道的开裆裤朋友。

石头和木头整天形影不离，待在一起的时间最长，俩人之间的感情，甚至超过了跟各自的亲兄弟姐妹的感情。

俩人同住一个郢子，从小学到初中，一直是同班级、同年级的同学。石头脑子笨些，认识的几个字都就干饭吃了。木头就聪明多了，上学期间一直是班干部。

打小，石头和木头最喜欢玩的游戏就是"柳条马"——折一根柳条夹在裆下当马，肩上再背上一杆用麻秸做成的长枪，嘴里"驾、驾"地喊着，相互追逐玩耍，别提多神气了。

最后的结果往往是木头败下阵来，石头的脸上总是挂着胜利者的笑容。小伙伴们编出顺口溜到处唱道:"石头撵木头,栽进冲田沟,浑身像泥猴,慌忙往家溜,娘老气歪嘴,搂脸一拳头。"

转眼到了初中毕业,俩人一起报名参军,一列火车皮拉到北京,同时成为某部的工程兵。当兵那几年真叫苦,特别是当的又是逢山开路、遇水架桥的工程兵,整天与钢筋混凝土打交道,那才叫黄连拌苦瓜——苦上加苦。

好在俩人打小在农村长大,这点苦对他俩来说并不算什么。石头一身蛮力,白天死命干活,晚上回到宿舍,连脚也不洗,倒头便睡。木头则不然,尽管累得腰酸背痛,晚上熄灯后,依旧打着手电筒,躲在被窝里硬撑着坚持看书。

苍天不负有心人,由于表现突出,木头很快入了党,立了功,最后竟当上了石头所在班的班长。

石头打心眼里替木头高兴,比自己当班长还要欣喜万分。他明里除了更加卖力地带头干活,有时暗中还处处帮衬着木头。有意无意间,石头成了木头当班长时最大的靠山和后台。

木头内心十分感激,心想,有石头这样的好兄弟,真是三生有幸,这辈子都不能忘掉兄弟间的情谊。有朝一日,一定要报答石头哥的恩情。

时光荏苒。四年后,石头最先退伍回乡。临走那天,木头背着石头的行李,一直送到北京站。在月台上,兄弟俩相拥而泣,都哭成了泪人儿,难舍之情溢于言表。火车开动时,木头隔着车窗玻璃大喊："石头哥，在家等着我。"

石头回乡后，像父辈一样成了面朝黄土背朝天的泥腿子，第二年娶了本村一个姑娘兰香为妻，过上了"你耕田来我织布"的田园生活。

又过了两年，木头背着一大包奖状转业回乡，被安置在本镇，当上了一名"吃皇粮"的国家干部。次年，木头与当年班上最漂亮的铃铛结为夫妻，真是郎才女貌，天造一双。

木头大喜那天，石头特意换了一件过年时才穿的新衣服，去参加他们的婚礼。在红四方酒楼婚礼现场，有日子没见的俩兄弟亲热得不行，你捣我一拳，我推你一掌，直逗得旁边的新娘子和宾客们哈哈大笑。

这天，石头特别兴奋，一高兴就喝得酩酊大醉。木头安排小车将他送回家，半道上他在车里吐得一塌糊涂。小车驾驶员掩着鼻子，直心疼车子。石头倒不介意，拍着胸脯，口齿不清地嚷道："没、没事，木头是我、我兄弟……"

春去秋来，又过了几年，石头的子女们渐渐长大了，原来的两间土坯房不够住，就寻思着建新房。可村干部们以石头拖欠村里水费为由，拒绝批给他宅基地。

宅基地批不下来就建不了房，一时把石头急得像热锅上的蚂蚁，嘴角起了一层燎泡。

兰香忽然想起了一件事，就对石头说："哎，听说木头当上镇土管所的所长了，这事应该归他管。凭你俩的关系，去找找他，看他能不能帮上忙。"

石头一听，十分不乐意，对兰香说："这点小事就去麻烦他，以后他还怎么当这个所长呢？"

兰香数落道："死脑筋，现在做事都讲关系、找后门。你有现成的关系不去用，不是傻吗？"

架不住兰香的三说两劝，石头最后还是答应去找木头试试，希望他能跟村里说说，让村里通融一下，把宅基地批给自己。

这天，石头换上过年时穿的新衣服，从门后摸出一根柳条棍，准备到镇上去。临出门时，兰香塞给他一个布袋，说："这几十个鸡蛋带给木头，家里鸡生的，多少是一番心意。"石头极不情愿地接过来。

到了镇上，石头一路打听，七拐八拐才找到镇土管所。上了二楼，整个走廊里空荡荡的，所有的门都关着。

石头不知道木头在哪间办公室，就大着嗓门喊："木头，木头。"空寂的走廊里回荡着石头嗡嗡的声音。

这时，石头看见靠楼角的一扇房门上挂着"所长室"的牌子，心想，这应该是木头的办公室了，便推开门径直走了进去。

正是木头的办公室。此时，木头的腿上坐着一名浓妆艳抹的女子，俩人正亲昵地说笑着。

见有生人进来，那名女子猫一样从木头的腿上滑下来，拿起办公桌上的坤包，踩着碎步往外走，经过石头身旁时，狠狠地白了他一眼。石头尴尬地站在沙发边。

见是石头来了，木头赶紧坐正身子，又理了理西服里的领带，这才招呼石头坐下。

待坐定，木头直截了当地问石头有什么事，石头便把宅基地的事一五一十地说了。临了，石头指着脚旁的布袋子说："这是你嫂子让我给你带的新鲜鸡蛋，说是给你补补身子。"

木头不置可否地点点头，又摇摇头，嘴里哼哈了两声，沉吟半晌，有些为难地说："这事不好办，如果我这个所长带头开后门、徇私情，那镇里领导和所里其他同志会怎么看我？以后的土地管理工作还怎么开展？"

石头没想到木头会这样直截了当地张口回绝了。他转念一想也是，老百姓都这样，你也找关系，我也开后门，宅基地不该批的也批，那不全乱套了吗？

这样一想，石头也就理解了木头的难处，凭着从小到大这些年的关系，不能让自己的兄弟太为难。石头起身准备往外走。

木头喊住他，弯腰从桌下摸出两瓶酒，往桌上一放说："带回去喝吧，以后找点正经营生做。看你都混成什么样子了，跟叫花子没两样，到哪还带着一根棍，真是……"

石头听这话有些刺耳，转身就要往外走。

"等等，"木头再次喊住他，盯着石头的脸说，"还有，我现在是所长了，大小也是一个领导，以后别在大庭广众之下'木头，木头'地喊我了，多丢人呀！我有大名，叫李国栋，记住了……"

石头脸色铁青,提着柳条棍,头也不回地走了。办公室门在他身后砰的一声关上了,声音在走廊里嗡嗡地回荡着。

木头盯着桌上的两瓶酒,苦笑了一下,摇摇头,然后自语道:"这个石头啊,真是块石头,还是那个牛脾气。唉!……"

石头气鼓鼓地回到家里,把柳条棍往门后一扔,冲着兰香叫道:"去逮两只樱花老公鸡,我晚上要到村书记家里去。"

兰香一头雾水,不解地问:"去书记家干什么?宅基地的事办成了吗?"

石头不耐烦地吼道:"一个老娘们儿,打听那么多事干吗?叫你去逮,你就去逮,真啰唆。"说罢,往床上一躺,扯过被子蒙住脸,扎进被窝里不起来。

兰香愣在那,半晌回不过神来,嘴里喃喃自语:"老头子这是怎么了,哪来那么大的邪火?"

事情就这样过去了。石头并没把此事放在心上,他在心里琢磨,木头当这个所长不容易啊,每天有那么多人求他办这事、办那事,把握不准,麻烦就大了。作为从小一起长大的好朋友,自己不能像他当班长时给他一些帮衬也就算了,可不能再给他添乱了。这样一想,石头在心里也就原谅了木头。

后来,有关木头的消息不断传来。听人说,木头干了几年所长,成绩十分出色,由镇里协调县土管局,被调到镇里担任党政办主任。又听人说,木头干了两年党政办主任以后,被镇里"一把手"看上,提名推荐为副镇长候选人,经人代会选举和组织任命，正式成为槐花镇的副镇长。

每次听到这些消息，石头暗地里都替木头高兴，心里说，这家伙，真出息了。木头有文化，脑子活，这官越当越大。看这势头，有的干哩，说不准哪天还能干上镇长、县长。

想到这，石头心里直乐，心情一好就想喝两盅，便让兰香炒上两个小菜，自顾自地喝起来。喝到痛快时，他就直着嗓子哼起小时候唱过的顺口溜："石头撵木头，栽进冲田沟，浑身像泥猴，慌忙往家溜，娘老气歪嘴，搂脸一拳头。"

这年秋天，村干部忽然找上门来，对石头说："你家儿媳妇超生三胎，按照镇里的规定，要征收社会抚养费三万块钱。抓紧筹钱吧，一个星期之内交到村部。"

兰香一听，当时就吓傻了，几乎带着哭腔央求说："求求你们，少罚点。咱家里的情况，你们不是不知道，我们老两口，还有儿子媳妇、孙子孙女七八口人，全指望种这十几亩地。前几年盖房子借来的钱，到现在还没还完呢，到哪去借这么多钱呀？行行好，求求你们了……"

"你跟我说这些没有用，全镇统一的标准，管你是侯爷、王爷，都一样。"顿了顿，村干部凑近石头身边，压低声音说，"看你们也不容易，跟你说句实话吧，要想少罚点，除非你镇里有人，并且得是说话算数的人。只要他能跟村里说句话，这事就好办了。"临了，又叮嘱道，"看在多年交情的分上，我才给你们透露了这些内幕。记住，对外人可不能说是我说的。"

石头点点头，千恩万谢地送村干部出门。兰香捧了几大把刚摘下来的花生，用方便袋装着塞给村干部。村干部推辞了几下，接过来，笑笑，走了。

老夫妻俩木然地坐下来，石头脸色沉郁，一根接一根地抽烟，兰香在一旁不停地唉声叹气。这事确实够他们受的，三万块钱不是小数目，对一个靠种地为生的农村家庭来说，无异于天文数字。一分钱难倒英雄汉，上哪去借这么多钱？即使人家肯借，自己到什么时候才能还得上？

石头老两口一筹莫展，屋里陷入一阵死寂。

过了半天，兰香直了直腰身，用征询的目光看着老伴，犹犹豫豫地说："要不……要不你还是去找下木头吧，听说他正好管这方面的事情。你去求求他，让他跟村里打声招呼，看能不能少交点。"

石头挪了下屁股，把脸扭向一边。提起木头，他就想起那年宅基地的事情，心里就有些不舒坦。他想起在木头办公室里看到的那一幕，像吞了一只苍蝇一样。可人到弯腰处，就得去弯腰，眼下别无选择，为了少交点罚款，只好舍下这张老脸去求木头了。

石头特意选择晚上到木头家里。他又换上那身走场的新衣服，仍不忘提上那根柳条棍，手里提着只蛇皮袋，袋里是兰香早就装好的两只老母鸡。

出门时，兰香又嘱咐道："跟木头好好说说，你们兄弟俩有什么话不能说？尽量说可怜些，让木头同情咱们，说不定这事就能成了。记住，可别再发牛脾气了。"石头嗯了一声，又点点头。

木头结婚成家这么多年，石头还从没到过木头家，不知道木头家的房门朝哪开。这天晚上，石头费了九牛二虎之力，才在镇政府家属区里找到木头家。

借着灯光，石头看见木头家是单门独院，装修豪华，二楼走廊上灯火通明。

石头怯生生地走到门前，犹豫了一下，还是按响了门铃。

来开门的是铃铛。多年不见，铃铛还是那么漂亮，时光在她身上没留下任何痕迹，她只是多了几分成熟女性优雅的风韵，知性而妩媚。

一见是初中同学上门，铃铛立刻笑靥如花，热情地招呼石头进来，顺手接过蛇皮袋，听见里面的鸡直扑棱，便笑道："来就来吧，还带这个干什么？不是见外吗？"一边这样说着，一边朝客厅喊道，"老李，石头来啦！"

石头推开客厅门，轻手轻脚地走进去。木头正和一个西装革履的年轻人谈着什么，见有人进来，年轻人知趣地站起来，顺手拍拍茶几上的信封说："李镇长，这事就这么定了，拜托拜托，人情后补，告辞！"说罢，年轻人拎起皮包走了出去。

木头一边说着"不送不送"，一边快速地将信封塞进茶几下的抽屉里。这一切，石头全看到了，他不知道信封里装的是什么。

铃铛回到客厅,给石头泡了一杯茶,放在他面前的茶几上,然后对石头说:"你们兄弟俩聊着,我上楼看电视剧去了。"石头点点头,铃铛便一阵风似的,噔噔噔地上楼去了。

偌大的客厅里,只剩下石头和木头俩人。这时,石头才发现,自己这样一副穷酸样子,与木头家的客厅多么不协调。光洁明亮的地板上留下了自己脏兮兮的脚印,那样刺眼。石头有些诚惶诚恐,感到浑身不自在。

木头似乎看出石头的窘状,故作轻松地笑笑,既算是打招呼,也似乎在说"没关系"。石头挪了挪屁股,将自己硬邦邦的身子放松下来。

木头看着石头的眼睛,十分平静地问:"你晚上赶过来,看来肯定有什么事情,这里没外人,你说吧。"

经这一问,石头一下想起今晚来木头家的主要目的,便把早就想好的话,竹筒倒豆子般全说了出来。最后,他还按照出门时兰香交代的话,着重讲述了家里的困境,以期能打动木头。

听着石头的讲述,木头一直哼呀哈呀地应付着。待石头讲完,木头把头往后一仰,靠在沙发上闭目养神,似乎在思考该怎样回答石头提出的问题。

过了足有两分钟,木头突然睁开眼,坐直身子,手指着石头的鼻子尖说:"石头啊石头,你要我说你什么好呢?你这是逼我犯错误,你知不知道?"

石头冷不丁地被吓了一跳，不知道木头为啥发火。

木头调整了一下自己的情绪，放缓语气说："石头啊，你不知道镇里的政策。社会抚养费征收标准是镇党委、镇政府研究后确定的，全镇是一把尺子量到底。我是镇领导班子成员，又是分管计划生育工作的副镇长，我若带头开这个口子，其他班子成员还不跟我学？我以后还怎么干这个工作？"

见石头低头不语，木头坐过来，拍着他的肩膀说："按理说，凭咱俩这几十年的感情，我应该帮你讲讲情，让你少交点罚款。可你不知道，这行政工作有多难干，不知道有多少双眼睛在背后盯着我，甚至还有人举报我这有问题，那有问题，搞得我整天提心吊胆，神不守舍。你在乡下待长了，不晓得政府大院里有多复杂，你防着我，我防着你。唉，你想想，我干到今天这个位置容易吗？如果我帮你讲情，被哪个小人盯上了，往上面一告，我这辈子不就完了吗？你说，是不是这么个情况？"

石头一直默默地听着。从木头的话里，石头听明白了他的意思，如果木头帮了这个忙，就有可能犯错误，毁了前程，甚至丢掉官帽、砸了饭碗。这样一来，因为自家罚款的事，让木头里外不是人，自己岂不成了罪人？还不被人指着脊梁骨骂一辈子？这样缺德的事情，不是咱石头干的。

这么一想，石头的心里也就释然了。他对木头说："如果是这样，这事就算了，算我没提。天不早了，你歇着吧，我走了。"说罢，起身就要往外走。

木头拉住他，弯腰从茶几下抽出一条中华烟，往石头手里一塞说："带回去抽吧。依我说，往后别再抽那么多烟了，抽多了对身体不好。你看看你，整个一个大烟鬼的形象。咱俩一般大，你看上去比我老多了……"

石头面露愠色，随手把烟往茶几上一丢说："咱乡下人命贱，抽不惯这好烟。"

石头拿起靠在沙发边上的柳条棍往外走，木头一边送一边说："你也真是的，到哪都带着根柳条棍，跟个叫花子似的。再说了，我家又没养狗，来这还带根棍干啥呢？"

"不干啥，打人！"石头粗声粗气地丢下这么一句话，头也不回地走了。木头呆立在客厅里，一时琢磨不透石头这句话的意思，半晌，才摇摇头，自言自语地说："这个石头啊，真是块石头……"

石头回到家，已是夜里十点多钟。兰香坐在灯下，一边摘着棉花，一边等着丈夫。石头进门一屁股坐在椅子上，一口气喝下一大杯水。他抹了一下嘴，对兰香说："明天找人，把家里的手扶机子卖了，到村部交罚款去。"

兰香被石头这没头没脑的话给搞蒙了，着急地问："你说什么？卖什么手扶机子？你没去找木头？"

石头瓮声瓮气地说："找了，没用。别问了，睡觉吧，明天还要早起呢。"

兰香听出了丈夫话里的意思，再看看石头阴沉着的脸，心里明白了八九分。她暗自叹道："唉，这人一混穷了，再好的关系也没人帮你……"

生活又恢复了平静，石头家还是老样子，日子过得还是那样紧巴。打那天晚上开始，石头和木头之间再无任何交集，石头再也不像以前那样，热衷于打听木头的事情，就像他的生活中从未出现过木头这样一个人一样。

这天上午，赶集回来的兰香一脸慌张地进了家门，将石头拉到偏僻处说："出事啦，出事啦，木头出事啦！"

"老娘们儿，慌什么？怎么回事？慢慢说！"石头训斥道。

兰香喘着粗气说："上午赶集，听街上的人都在说木头的事，说他什么什么贪污受贿，还有什么什么乱搞男女关系，被上头给查办了，受到了处分，那个什么什么副镇长也给撸了。他老婆铃铛说他丢人现眼，闹着要跟他离婚。你说这事咋办呢？这下可怎么好？……"

"这样的事情，能有什么办法？天王老子也没辙。"石头不咸不淡地说，没有表现出一点惊奇的神色。

石头表面上看似异常平静，其实内心却像滚开的稀饭锅，久久不能平复。他在心里恨恨地骂道："木头啊，你可真是一根木头……"

这年的冬天特别寒冷，西北风像吃饱奶的野小子，在空旷的田野上疯狂地撒野。那天午后，石头裹着军大衣，拿着柳条棍，把自家的十几只山羊赶到冲田沟上放牧，想催催膘，年前能卖个好价钱，也能补补家里的窟窿。

水冷草枯的季节，埂上已经没有多少草料了。山羊们依次排开，低头在巴根草里寻找着吃食。石头坐在出埂上，掏出一根烟点上，眼睛慈爱地看着羊群，就像看着自己的孩子一样满心欢喜。

这时，有一个人朝这边走来。慢慢地，随着距离越来越近，石头渐渐看清，来人是木头。木头走路时摆手的样子，他是最熟悉不过的，有点独特，离老远都能看得出来。

"他来这里干什么？"石头的心里咯噔了一下。木头做下那么多丢人现眼的事，现在还有什么脸面到老家来？愧对乡亲父老，愧对列祖列宗啊！

石头顾不得多想，呼地站起身来，拍掉屁股上的草屑和灰土，捡起柳条棍，朝远处的山羊追去。

石头与木头相向而行。石头看也不看木头，好像根本就没有木头这个人似的。与木头擦肩而过的瞬间，石头感觉木头停下了脚步，欲言又止。

走出几步，木头在石头身后大喊："石头，石头。"石头聋了似的，没有一点反应。木头反身紧追几步，一把扯住石头的棉大衣袖子，又喊了几声。

石头缓缓转过身来，一脸冷漠地看着木头，像看怪物一样地愣怔着。

寒风中，四目相对。这对几十年的好朋友，彼此都有一种陌生感，沧桑都写在各自的脸上。木头更显憔悴，头发白了不少，脸上黯淡无光，眼角布满皱纹，完全没有了当镇长时的风采。看来，这场打击太大，把木头彻底摧垮了。

过了半天，石头才冷冷地问："是你喊我吗？"

木头点点头："是，是。"

石头面无表情地说："噢，我想起来了，你不是姓猪吗？是镇里的猪镇长。"

木头一听急了，分辩说："你老糊涂了吗？我不姓朱，姓李，我是李国栋，小名叫木头，咱俩从小一块长大的，你不记得了吗？你好好看看，我是木头啊……"

石头脸上仍然挂着霜，话里透着寒气："噢，你不姓猪啊，那我去找你几次，干吗老是哼呀哈呀的？只有猪才哼呀哈啊的。"

"你、你……"木头的脸一下子涨成了猪肝色，扭曲成奇怪的形态，嘴也歪向了一边，一时气得说不出话来。

木头心里明白，石头这是在借机羞辱自己。唉，谁叫自己不争气，做下那些丢人的事情呢？他对石头更加有愧，石头几次托自己办事都没有办成。其实，在当时这些事情办起来并不难，可自己怎么就鬼迷心窍，一点情谊也不讲？混到今天这步田地，真是活该！

一阵难挨的沉默，俩人耳边只有呼呼的风声。

石头掏出一根烟点上，猛地吸了一大口，眼睛看着远处的羊群说："这人啊，不管你干啥，什么时候也不能忘本，都要记住你从哪里来，又到哪里去。就像这羊，天黑了都知道往家跑……"

说罢，捡起柳条棍，看也不看木头，头也不回地走了。木头刚想张嘴喊，又止住了，呆呆地看着石头的背影。

远远地，传来石头的歌声。他哼唱的还是小时候玩柳条马时的顺口溜："石头撵木头，栽进冲田沟，浑身像泥猴，慌忙往家溜，娘老气歪嘴，搂脸一拳头……"

木头伫立在田埂上，静静地听着石头哼唱，任凭寒风吹乱自己头发。听着听着，他的眼角突然溢出一颗豆大的泪珠，顺着脸颊滑进嘴里，一股涩涩的咸味立刻在他的嘴里弥漫开来。

这是我

战运盛有一个与众不同的爱好，就是喜欢收藏席卡。

战运盛在单位是个不大不小的官，上级经常组织召开这样那样的会。一把手忙时，就安排他代开。所以，战运盛的会特别多。

开会时，主办方一般都在会议桌上摆放席卡，表明出席单位和个人的姓名，战运盛的大名赫然在列。

会议结束时，别人都是快速地收拾起桌面上的文件材料，拎起公文包，逃也似的离开会场，直奔洗手间而去。

战运盛则不然，他慢腾腾地整理着面前的东西，那个小心劲，就像摆弄着一堆文物似的。

他磨蹭半天，见会议室里的人走得差不多了，这才四顾一眼，趁工作人员不注意，飞速地将写有自己名字的席卡塞进包里，然后踱着方步，慢悠悠地向门口走去。

渐渐地，战运盛收藏的席卡多起来，摆起来有半人多高。这些席卡大小不一，字体迥异，颜色以红色、粉色为主。战运盛特别喜欢红色的席卡，这神奇的小卡片，意味着自己红运当头、官运亨通。

没事的时候，战运盛就待在书房里，点上一支烟，然后眯起一双小眼睛，盯着席卡看上半天，脸上是一副满足的神情。

老婆一看见战运盛的样子就来气，几次要把那堆破席卡扔进垃圾桶里。战运盛觍着脸，哀求说："老婆，别扔。'身体发肤，受之父母，不敢毁伤，孝之始也。'我的名字和身体发肤一样，都是父母给的，哪能随便扔进垃圾桶里呢？"

老婆瞅他一眼，抢白道："蠓虫栽跟头——文（蚊）屁冲天。你就抱着这些破席卡过日子吧！"

战运盛尴尬地笑笑，并不介意，依然我行我素。

最近上面出台了八项规定，反"四风"紧抓不放。上级组织开会的次数比过去少多了，即使非开不可的会议，也不摆鲜花、席卡，少了很多形式。

战运盛很是不解，这鲜花不摆可以，但不放席卡总有些说不过去。你是张三，还是李四？每次开会那么多人，不可能都认识你吧？摆个席卡有什么大不了的？

战运盛有些不适应。活人哪能叫尿憋死？你主办方不摆，我自己有。这样想着，战运盛有了些许安慰，他甚至为自己的远见卓识一连兴奋了好几天。

再开会的时候，战运盛踱着方步走进会议室，找到自己的位置坐下，慢悠悠地从公文包里掏出自备的席卡，往桌上一放，然后向旁边的熟人笑笑，点点头。

战运盛的举动让很多人诧异。偌大的会议桌上，只有战运盛面前放着席卡，十分扎眼，一屋子的人都看着他，感觉有些莫名其妙。

战运盛倒很坦然，一副处变不惊的样子。他朝主持人笑笑，又指指面前的席卡，意思是说，这是我，某某单位的战运盛。

主持人皱了一下眉，战运盛却装作没看见，转回脸，低下头，习惯性地翻开了笔记本，等着开会。

都说事不过三，战运盛也未能逃脱这个魔咒。战运盛几次自带席卡开会的事，在当地传得沸沸扬扬，都说战运盛是个奇人。

这事对战运盛倒没有什么大碍，却连累了单位的一把手。那天，一把手被领导请去谈话，回来的时候铁青着脸，见到战运盛一句话也不说，只狠狠地剜了他一眼。

这会儿，战运盛才真正体会到"眼睛杀人"的厉害，不觉间，后脊梁上一阵阵地发凉，脸上的汗水也像小溪一样淌个不停。

打这以后，上级组织召开的会议少之又少。非开不可的会议也不再让战运盛去了，都是单位一把手亲自去参加。

战运盛无会可开了，一时间成了单位里的闲人。

既然不需要再去开会了，那些收藏着的席卡也就派不上用场了，成了一堆花花绿绿的垃圾。战运盛有些失落，脑子里整天空落落的,总感觉耳边好像有一只蚊子在飞,嗡嗡的。

老婆一见战运盛的样子,气就不打一处来,指着他的鼻子骂道:"都什么形势了,你还执迷不悟,就知道抱着个破席卡到处显摆。你就是一个地地道道的老顽固、废物篓子……"

老婆后面的话,战运盛已听不见了。他眼前突然一黑,一屁股跌坐在沙发上。

在意识清醒之前,战运盛抬起手来,艰难地指指面前的席卡,又指指自己,似乎在对一屋子的空气说,这是我……

给领导提个小意见

赵秉德这几天很闹心，就因为他给单位领导提了一个小小的意见，结果害得他魂不守舍，惶惶不可终日，整个人几乎到了崩溃的边缘。

赵秉德是一家事业单位的部门负责人，分管他的是一位女领导。他和这位女领导早就熟识，二十多年前曾在马河镇共事多年。两人调进县城后，一前一后分到同一家事业单位，也算是有缘。这些年来，两人一直和谐相处，并无芥蒂。

眼下，两人都到了快退休的年龄，如果不出意外的话，赵秉德和女领导会这样继续融洽地相处下去，一直到光荣退休的那一天。可是，出乎赵秉德意料的是，他和女领导的关系偏偏在这个时候发生了一点小状况。

事情出在上次单位年度考核上。

周一，县委组织部到单位进行年度考核，考核对象是全体领导班子成员，赵秉德的分管领导也在其中。赵秉德担任部门负责人之后，曾多次参加过类似的年度考核，对考核的程序、要求了如指掌，无非是考核组领导做动员讲话，单位一把手汇报年度工作，民主测评，个别谈话，等等。这些套路，赵秉德早就烂熟于心了。

考核时，前面几个议程进展得很顺利。到了个别谈话环节，赵秉德以为还像以前一样，凭自己的经验敷衍一下，就可以轻松地应付过去，只要是灶王爷上西天——好话多讲，就能轻松过关。

赵秉德是第三个进会议室的。偌大的会议室里，端坐着一男一女两个考核组成员。那男的是张主任，赵秉德认识，他俩以前也共过事，是老熟人，也是老朋友。

在这种场合相见，老朋旧友自然少不了一番寒暄。客套之后，张主任正色道："言归正传，现在开始谈话吧。请赵主任对单位领导班子成员个人情况，发表一下自己的意见和看法。"

赵秉德严肃起来，坐直身子，清了清嗓子，从容不迫地开始讲述对被考核对象的意见。他从德、能、勤、绩、廉等方面，逐一对七名被考核对象进行了点评，当然也包括他的分管领导。

赵秉德口吐莲花，像小学生背书一样把之前想好的话都讲出来，对每一个被考核对象都极尽溢美之词。他一口气讲了四五分钟才停下，抬眼看了一下张主任，期待看到领导满意的眼神。

张主任皱了一下眉，手里的笔一下一下地敲着笔记本，眼睛盯着赵秉德，客气地说："你说的这些，我们都知道。俗话说：'金无足赤，人无完人。'请赵主任重点说一下，这些被考核对象还有哪些缺点和不足，比如说你的分管领导。"

赵秉德愣了一下，没想到张主任会突然提这个问题，一时间竟不知道如何回答。张主任不动声色地盯着赵秉德，引导说："每个人都有这样那样的缺点，这很正常，领导也是人嘛。说吧，我们考核组会替你严格保密的。"

赵秉德扭动一下僵硬的身子，十指交叉放在会议桌上，有些不情愿地说："好吧，我给分管领导提一个小小的意见吧。"他停顿了一下，瞥见张主任脸上有了喜色，便鼓起勇气说，"她在政治上、能力上、业绩上都不错，就是工作方法有问题，情绪化严重，喜欢耍脾气，批评起人来不分场合、不分对象，让被批评的人下不来台，丢尽了面子。希望她今后能够改掉这个毛病，与分管部门的工作人员和睦相处。"

张主任一边在笔记本上唰唰地记录着，一边频频点头，笑盈盈地对赵秉德说："这个意见就很好，不能老是唱赞歌。我们考核组一定把你的意见带回去，向县委主要领导进行反馈。"

结束谈话后，临下楼的时候，赵秉德在电梯口遇到另一部门的负责人老李。赵秉德凑到跟前，嬉笑着问："你都谈了些什么内容？"老李说："还能怎样？你说这个领导不好，说那个领导不是，他们转眼间就知道了，比现场直播都快。记住，唱赞歌比提意见好。"说罢，朝赵秉德诡异地笑了一下，拎着包自顾自地走了。

赵秉德怔在那里，感觉后背一阵阵发凉。这老李好像知道了他谈话的内容，不然怎么会说出这样一番话来？明显是针对自己的。可现在，话已经谈过了，意见也提了，张主任都记在笔记本上了，白纸黑字，想改也改不了。

早知今日，何必当初？赵秉德有些后悔，恨不得扇自己几个耳刮子，心里骂自己：浑蛋，瞎逞能，多嘴多舌，这要是传到分管领导耳朵里，以后还怎么在单位里混？接下来几天，赵秉德像变了一个人似的，蔫头耷脑，一副没精打采的样子。他呆坐在办公桌前，两眼直勾勾地盯着电脑屏幕，似乎想从里面看出什么东西来。

周五，赵秉德没来上班，他的办公桌空荡荡的，少有的冷清。单位里有人说，赵主任生病了，120把他拉到了县医院。

撒气碗

男人又发火了。

"哐啷,哗啦""哐啷,哗啦"……

一阵尖锐的瓷器破裂声从庄西头的草屋里传来,像打雷一样,撞击着村人的耳膜。

男人像一头狂怒的大牯牛,睁着血红的眼睛,嘴里骂骂咧咧,挥动手里的钉锤,三下两下就把锅屋里的吃饭碗砸个稀巴烂。灶台上、菜柜里的碗碟,顷刻间变成一堆碎片,闪着白花花的光。

男人似乎还不解气,梗着脖子,朝堂屋方向吼道:"吃、吃、吃,叫你吃个屁!"言罢,狠狠地跺了一下脚,又朝地上吐了一口唾沫。

女人没有露面,在屋里嚷道:"你砸吧,够种把我也砸了。"随后,传来女人呜呜的哭声。

听到哭声,男人像霜打的茄子一样,蔫耷耷地蹲在地上,双手抱着头,就像掉进夜壶里的蛐蛐儿一样,再也不吭声了。

男人是村小学的教师，得闲的时候喜欢打麻将，一打牌就忘了时间，连天加夜地连轴转，最长的一次，连打三天三夜没下桌。

男人打起麻将来，连家也不顾。时间一长，女人难免唠叨几句气话，数落一通。男人打牌输得多，赢得少，本来就烦躁，回家来听女人这么一叨咕，心里更加乱糟糟的。

打人不打脸。女人每次一提到打麻将的事，男人就像秃子忌讳头上的秃疤一样，最怕人家揭他的短。女人一说他，他就发火，一发火就砸东西出气。

女人眼睛不好，怕光，眼里像破膛的蜡烛那样，一年到头泪流不止。女人生得瘦弱、娇小，一副病歪歪的样子，吵架、打架根本不是男人的对手。

男人不捏女人这个软柿子，每次一发火，也不打女人，专砸东西。家里没有什么值钱玩意，一日三餐离不开的吃饭碗成了男人宣泄的对象。这火一上来，他就想砸碗。

头一次生气砸碗，正赶上吃晚饭时间，男人看到一屋子的碎碗片，后悔没留下一只吃饭碗。天无绝人之路，男人从水缸里拿过舀水的葫芦瓢，盛上女人早就烧好的稀饭，蹲在灶台边呼噜呼噜地吃起来。孩子们饿了，也学着男人的样子，轮流用瓢对付着吃了晚饭。女人一口饭没吃，躲在屋里，只呜呜地哭。

第二天一早，男人挎着竹篮，从供销社买回一大摞碗。路上碰到庄上人，庄上人问他："这不年不节的，你买这些碗干什么?"

男人笑笑,掩饰道:"小孩子不中用,刷碗时把碗都打碎了。"

渐渐地,庄上人都知道男人的这个癖好——一生气就砸碗。一看见男人买碗,庄上人就知道,男人又和女人吵架了。庄上人就问他:"小孩子不中用,这回碗又打碎了?"

男人并不生气,只讪讪地笑,一句话也不说。

这年秋天,女人的眼睛痛得厉害,男人陪她到公社卫生院检查。大夫看过之后,摇摇头说:"你这是青光眼,以现在的技术和手段,没法治了……"

男人蒙了,呆呆地盯着大夫看了半天。看见大夫脸上不容置疑的神情,男人像得了软骨病一样,一屁股瘫在地上,低着头,双手狠狠地撕扯着自己的头发,懊悔得直想砸东西,只是卫生院里没有像碗一样可砸的物什。

这以后,女人的视力越来越差,最后竟什么也看不见了,只剩下一点微弱的光感。女人躲在屋里,成天呜呜地哭。男人被哭得心烦意乱,忍不住朝女人吼道:"就知道哭,哭能管个屁用?"

女人这时不知哪来的勇气,顶撞道:"都怪你,有时间打麻将,没工夫陪我去看眼。我眼睛瞎了,都耽误在你手里。"

这话把男人惹火了,他像兔子一样蹦起多高,几步蹿进锅屋里,挥起钉锤,照着吃饭碗就是一通狠砸。"哐啷,哗啦"

"哐啷，哗啦"……尖锐的瓷器破裂声，再一次在村庄上空回响起来。

女人循着声音摸过来，疯了一样地撕扯着男人的衣服，一边撕，一边叫："你砸吧，你砸呀，有本事把我也砸死算了，反正我是一个废人，什么都不怕了……"

男人站在原地，一动不动，任凭女人撕着、扯着，脸痛苦地扭曲着。只是他这一表情，女人再也看不见了。

女人眼睛瞎了，什么也做不了，成了一个活死人。以前由女人承担的活计，现在全部由男人揽下了。不揽不行啊，其他的都好说，这饭总得吃吧。

男人彻底告别了过去"油瓶倒了都不扶"的清闲日子，每天从家里到学校，不停地忙活着，很少有时间再去"来两圈"了。

日子就这样慢慢地过着。男人和女人似乎都适应了这样的生活，少了吵架声，也少了"哐啷，哗啦"的砸碗声。

这一天，男人闷声不响地拉着女人的手说："跟我来。"女人疑惑地跟着男人，来到堆杂物的披厦里。

"你摸摸，这是什么？"男人牵着女人的手，把她的手放到一堆东西上。

"呀，是碗。"女人好奇地问，"哪来这么多碗呀？"

男人说："我买的，从供销社买回了几百只碗，这一屋子都是碗。"

女人的手在碗堆上摩挲着,责怪道:"你疯了,又不娶媳妇办喜事,买那么多碗干什么?真不会过日子……"

男人捏了一下女人的手,说:"等哪天你眼睛好了,我一只一只地砸给你看,我喜欢听这砸碗的声音……"

女人笑笑,眼前似乎闪出一丝白花花的光来。

借 烟

那时候,我还小,对烟的印象很模糊。因为,家里没有抽烟的人。

父亲去世得早,几个哥哥分家另住,家里只有母亲、妹妹和我。烟这东西,就像锅台上的空油瓶,里面的油永远都是稀缺的。

在农村,穷家破舍,没人来往,那是很没面子的事儿。有人来,说明你家人缘好。

客人到家,甭管穷富,都得递上一根纸烟,这是最起码的礼节。可这烟,我家一根也拿不出来。

常来家的是几个舅舅,他们住在邻队,就相隔两三里地,想来时,抬腿就到。他们每次来,名义上是看他们的老姐姐,也就是我的母亲,其实是来找烟抽的。

那时,我就是这么想的。

舅舅们一来,母亲就支使我出去借烟。

刚开始我不想去,就央求说:"拿鸡蛋去换吧。"

母亲瞅了我一眼,数落道:"睁眼说瞎话,家里哪有鸡蛋?"

她的声音很大,似乎是故意的,想让舅舅们都听到。

母亲说了假话。就在晌午,我明明看见葫芦瓢里还躺着两个鸡蛋。我很纳闷。

不过,我不敢去戳穿,怕她拿鞋底子狠命地打我,啪啪地响。

没法子,我只得硬着头皮出门找人借烟。

村里倒是有几个抽烟的人,可都是些远亲,找他们借烟,我嫌丢人。那时我虽小,但还是顾脸面的。

左思右想,我突然就想到了姐夫。

姐夫是村里为数不多的能抽得起纸烟的人之一,他的兜里永远不缺烟。不像我家的油瓶,总是三天两头见底。

找到姐夫时,他正在麦茬地里犁田。我搬出母亲的名头说,借烟。姐夫喝住牛,从上衣兜里掏出一个黄皮子的烟盒来,分出三根烟,递给我。

我接过烟,攥在手心里,像宝贝一样地护着,撒腿就往家跑。我怕耽误舅舅们抽烟,又要挨母亲的鞋底子。

初尝甜头,我感觉这个办法不错,好使。

舅舅们又来了,母亲再让我出去借烟时,我第一个想到的人就是姐夫。他是我们家的女婿,找他借烟,他不敢不借。

这以后,我如法炮制,每次找姐夫借烟,都没有空手而返。

那段时日,我也说不清到底从姐夫那儿借了多少根烟,反正不少。

好借好还，再借不难。可是向姐夫借过的烟，母亲从来没提还过，似乎压根儿就没有这回事。

烟是我找姐夫借的，前脚做过的事儿，我后脚就忘了。那时，我的记性不好。

再找姐夫借烟的时候，就不似以前那么顺溜了。

有一次大舅来了，我又找姐夫借烟。他正在犁稻茬田，明明知道我是来借烟的，却偏偏问："不上学，来干啥？"

我又打着母亲的旗号说："来借烟。"姐夫懒洋洋地转过头，说："没烟，戒了。"那苦巴巴的样子，像真的戒了烟。

说这话的时候，我分明看见姐夫的上衣兜里露出一截黄皮子的烟盒来，鼓鼓囊囊的。

我知道，姐夫说的是假话，就像母亲说家里没鸡蛋一样。我犯起了糊涂，大人们怎么都这样喜欢睁着眼睛说瞎话呢？

"小气鬼！"我在心里骂了一句，还忍不住朝姐夫的背影啐了一口，然后，像兔子一样蹦起来，拔腿就往家跑。

身后突然传来叭叭几声脆响，这是姐夫手上的牛鞭子发出的"怪叫"声。我吓得腿肚子一软，差点跌倒在田埂上。

几个舅舅还轮流着来，隔三岔五的，来了也不吃饭，过足了烟瘾拍屁股就走，仿佛到他们老姐家抽烟天经地义。

只是，姐夫再也不肯借烟了。小气鬼都这样，我想。

不借算了，这难不倒我。我就不信，村子里除了姐夫，就再也找不到肯借烟给我的人了。活人哪能让尿憋死？我有的是办法。

打那以后，我天天盼着舅舅们来。估摸着哪天来，我和母亲就提前备好纸烟，等着他们。家里再也没有缺过烟，舅舅们很满意。

过了十多年，姐夫突然得了肝癌。弥留之际，他抓着我的手说："那几年，你从我家拿走了三十个鸡蛋，我猜，这鸡蛋你都拿去换烟了……"

我的脸腾地一下红到脖子根，旁边就站着我的新婚妻子。姐夫也是哥，我偷他家的鸡蛋，他却说成是"拿"，他这是在给我留面子。

我突然泪如雨下，妻子一脸诧异地看着我。

姐夫咽气前，喘着粗气说："那是我故意放在葫芦瓢里，让你随手就能拿走的，这个连你姐也不知道。"

我俯下身去，将头深深地埋入姐夫的胸前。叭的一声，我分明听到了姐夫胸腔里发出的最后一声心跳。那声音怪怪的，像抽断了的牛鞭子。

广　播

天刚麻丝眼（方言：放亮），瘦八狼筋的老杨头就挥动大笤帚，在公社的茅厕里扫起来。四周静悄悄的，连个鬼影子都没有。

这时，公社大会堂顶上的喇叭头子突然响起来，把老杨头吓得一激灵。一个略带沙哑的男声传出来："半个街公社广播站，清巴早上头一下子开始广播，这咱子阿们先搞一家伙《东方红》。"

老杨头听出，这是公社书记李天龙的声音。咦，这家伙怎么当起广播员了？哦，老杨头一拍额勒头，猛然想起昨儿晚上的事，这余凤仙肯定是被打得爬不起来了，才叫这李天龙临时开个广播。

余凤仙是公社的广播员，平日跟李天龙眉来眼去的，有些不清白。在半个街公社，李天龙可是熊瞎子敬礼——一手遮天。他是嘴插人家饭锅里，腿插人家被窝里，手插人家裤兜里，外号"三插书记"。这在全公社无人不知，无人不晓，可谁都敢怒不敢言。

老杨头偏偏是个牛筋头，硬拿着鸡蛋碰石头。大前年，他以半个街公社副书记的身份，实名向上头检举了李天龙的行为。一个月后，老杨头不明不白地被撤掉职务，李天龙安排他打扫公社的厕所。老杨头气不过，月把前再次实名举报李天龙，可直到眼下都没一点消息。

这时，喇叭头里又传来李天龙的声音："曲子放完了，这咱子阿们就坎骑驴，讲讲半个街公社当前的政治形势。"

老杨头停下手里的活计，走到厕所外面的松树旁，手拄着大笤帚把，支棱起耳朵，想听听这"三插书记"到底广播些什么。

只听李天龙说："这个，啊，阿们公社当前的政治形势不怎么照，少数被打倒的阶级敌人又'虫虫欲动'，想咸鱼翻身，啊。"

老杨头嘴角一动，心里暗笑：这李天龙文化水平不高，还喜欢玩文吊武的，"蠢蠢欲动"硬着眼子说成"虫虫欲动"。那黄子（方言：那家伙）当年是怎么干上公社书记的？

李天龙的声音再次响起："这个，啊，有的专政对象被打倒了，心里一直不服气，表面上看他像个老实头，其实他心里就是个蛆窝。前些个，他向上头打小报告，讲阿跟这个女人有一腿、跟那个女的有一脚，这简直是胡扯八掖（方言：胡说八道），拽着荷叶满塘转。"

老杨头心里一惊，这李天龙说的不是我吗？难道李天龙知道自己被再次举报的事了？噢，差不多，世上没有不透风的墙，李天龙神通广大，没有他不知道的事。难怪昨儿个晚上余凤仙的丈夫气冲冲地赶回家里，把余凤仙摁在床上打得鼻青脸肿，打得余凤仙杀猪样地叫唤。唉，知道就知道吧，李天龙迟早是要知道的。身正不怕影子斜，老杨头在心里安慰着自己。

公社大院里有人影在晃动，大概是被喇叭头子吵醒了，索性走出屋子听个究竟。在躲躲闪闪的人影里，似乎有余凤仙丈夫的身影。

空气中扩散着李天龙高分贝的声音："这个，啊，这个家伙简直活逗猴，日脓（方言：脏）的腌臢气，让他打郎（方言：打扫、清理）个茅厕都打郎不干净。办公室主任没吊失（方言：批评）他几句，他不粗坦（方言：心里不舒服），还回嘴，讲他喝大蛋（方言：拍马屁）。简直是稀毛秃子打撑杆——无法无天。"

老杨头听得真切，李天龙在广播里骂的正是自己，就差没指名道姓了，公社大院里的每个人心里都清楚。老杨头挂着大笤帚的手开始抖起来，一种快要窒息的感觉四散开来。

大会堂顶上的喇叭头里，李天龙沙哑的声音几乎声嘶力竭："这个，啊，你个专政对象想翻身，也不尿泡尿照照自个儿的影子，一拃长的泥鳅狗子能掀几尺浪？你告阿不管经，裤裆里的虮子——不捋你。你简直逗能个（方言：开玩笑），拿阿这个公社书记不使劲。这个，啊，你个专政对象洋货个熊嘛！想日摆（方言：摆弄，整治）你就跟捏死一只蚂蚁那样容易。阿们骑驴看唱本——走着瞧！……"

接下来，李天龙在喇叭头里哇啦些什么，老杨头已听不清，他耳朵里满是嗡嗡的回声，脑袋像要炸裂般地疼痛，胸腔里一股热热的东西直往上涌。他扶住大笤帚把，把瘦弱的身体倚靠在松树上，竭力使自己不倒下去，眼里似乎有泪在奔流。

李天龙叫驴似的声音，肆无忌惮地冲撞着老杨头的耳膜。这时，老杨头的眼里突然升腾起一股火焰，脸上弥漫着一种可怕的神情。他朝喇叭头子狠狠地呸了一口，扔掉大笤帚，头也不回，急急地向汽车站走去。

天已大亮。半个街公社大会堂顶上的喇叭头里仍回响着李天龙沙哑的声音："这个，啊，你个专政对象……"

走　城

　　赵宽厚做梦也没想到，自己一向健壮如牛的身体竟如霜后的黄花一样，一日衰过一日，最后竟一头栽倒在城墙根下。

　　赵宽厚一生中没有别的爱好，就是喜欢运动，从年轻时到现在，坚持锻炼，一年四季雷打不动。如若一天不锻炼，他感觉浑身都不自在。

　　前些年，政府投资修好了城墙，顶上、内环、外环都畅通无阻，赵宽厚把锻炼的主要项目改为走城墙。每天晚饭后，他都要带上听戏机，绕着城墙兜上一圈。

　　城墙总长七千多米，有四座城门，赵宽厚在心里算过，一圈走下来，一万三千步左右，大约需要一个半小时。在他这个年龄，这个运动量和时间应该是适当的。

　　六十岁的时候，赵宽厚一圈城墙走下来，气不喘，腿不疼，跟没事人一样。六十五岁的时候，他渐渐感觉有些体力不支，只能走过三座城门，也就是城墙四分之三的路程。七十岁的时候，他只能走过两座城门。七十五岁的时候，他只能在家里和北门间往返，走城的距离越来越短。最后，他连家门也迈不出去了。

赵宽厚得了不治之症，自感时日不多，躺在医院的病床上，他脑子里还在琢磨一个问题：自己一直坚持锻炼，怎么会得癌症呢？这让他颇感委屈，也百思不得其解。

想到以前日日走过的城墙，赵宽厚生出感慨：看似颓废衰落的古城墙，却屹立千年不倒；看似顽强的生命，却是这般脆弱不堪。唉……

赵宽厚临死前，家人满足了他最后一个愿望，用轮椅推着他，在城墙上又走了一圈。

原来的包子

边大爷拄着拐杖，一步三颤地挪到满口香包子铺的时候，他腕上手表的指针还没对着七点。

就在昨天，边大爷听邻居说，满口香包子铺重新开业了。他很激动，今儿一大早就赶过来吃包子了。

边大爷是满口香包子铺的常客。他喜欢这里的包子，个大馅足，鲜嫩入味，肉汁包裹在面皮里，一咬满嘴香。

前些日子，满口香包子铺突然关门了。听对门邻居说，老板回杭州去了。边大爷郁闷了好几天，他就好这一口。

边大爷走进包子铺，在条桌边坐下，服务员走过来问："您老怎么吃？"边大爷说："老规矩，一笼包子、一碗稀饭。"

在等包子的当儿，边大爷拿眼扫了一下四周，店里还是原来的样子，只是在蒸屉间忙活的人不是原来的老板。新来的人年轻，个子也高，长相与以前的老板有点像。

包子端上来了，边大爷夹起一个来，老到地在调味碟里蘸了一下，然后大口地吃起来。边大爷有些饿了，不消一会儿，蒸笼里的八个包子、一碗稀饭,都进了他的肚子。

吃完包子,边大爷往外走。走到蒸屉间的时候,他问年轻人:"原来的老板呢?"

年轻人答:"他是我哥,回杭州做大生意去了。这满口香包子铺盘给我了,以后请大爷多关照。"

边大爷嘴里哦了一声,点点头,拄着拐杖,慢慢地走出包子铺。

临近十一点,边大爷的肚子突然叫起来,叽里咕噜的,还伴着一阵阵的绞痛。边大爷坐在马桶上,心里犯起了嘀咕:可是早上包子吃的?

边大爷还没有过这样的感受。

以前,他吃包子的习惯雷打不动,一笼包子,一碗稀饭。早上吃过包子,一直到中午都不觉得饿。在他的印象中,吃过包子后,肚子也从来没有不舒服过。

今儿个是怎么了?边大爷有些想不明白。

第二天早上,边大爷的身影又准时出现在满口香包子铺里。在吃包子时,边大爷特地留了一下心,发现包子不暄软,死皮塌陷的,个头小了不少,肉馅还黑乎乎的。

临出门时,边大爷对老板说:"包子没原来的大了,口味也没以前的地道,还是你哥做的包子好哇……"

老板不置可否地笑笑,说:"没小呀,大小还是原来的样子,这手艺可都是哥教我的。"

边大爷皱了一下眉，提高嗓门说："你哥做的包子又大又软，你做的包子死塌塌的，还小多了。"

老板看了一眼店里的客人，说："大爷，你小点声。"

一连几天，边大爷都没再去满口香包子铺。

边大爷心里有点堵，好心提醒老板，他却不领情，言语还那么冲，不像他哥，说话客客气气的，让人听着舒坦。

这天早上七点还不到，边大爷拄着拐杖，再一次挪到满口香包子铺，他又来吃包子了。

边大爷在条桌边坐下，对服务员说："老规矩，一笼包子、一碗稀饭。"

边大爷一边等包子，一边四下看了一眼，店里空荡荡的，连他在内，才有两三个吃包子的人。

包子上来了。边大爷看到面前的蒸笼，皱了一下眉，也不动筷子，坐在那盯着包子看了半晌。

少顷，边大爷站起身，付了钱，又走到蒸屉间，对老板说："包子小了，包子小了，我想吃原来的包子。"

"你说啥？"老板看了一下边大爷，似乎没听明白。

边大爷没搭腔，拄着拐杖，头也不回地走了。

老板看着边大爷的背影，摇摇头，又笑了一下："这老头，吃饱了撑的。"

转过头来，老板看了一眼边大爷刚才坐的位置，条桌上原封不动地放着一笼包子、一碗稀饭，还在袅袅地冒着热气。

犟　爷

犟爷踉踉跄跄地走出医院大门，嘴里骂骂咧咧道："要我戒掉烟，两眼往上翻；要我戒掉酒，门儿都没有。"

犟爷今年七十八岁，儿孙满堂，生活滋润，一辈子没别的爱好，就是嗜烟好酒，成天价烟不离手，酒不离口，是小区里有名的"老烟枪""老酒坛"。为这事，老伴和儿女们没少在他面前唠叨，可犟爷就是不搭理，依然故我。

有一次，儿子实在受不了媳妇的软硬兼施，一气之下，趁犟爷上厕所的空当，把老爸的烟酒统统扔到垃圾桶里。犟爷知道后火冒三丈，提着根擀面杖，在小区里将儿子撵了三圈，一路上骂声不绝。

这烟酒伤人，犟爷再棒的身体也吃不消，胸闷、气喘、咯血等各种毛病接踵而至，大有越来越严重的趋势。

这一天，犟爷终于倒下了，儿女们慌忙把他送到县医院。

在病房里，主治医生看过犟爷的CT片后，脸色沉重地说："大爷的胸部出现大面积阴影，肝部也出现肿大、黄疸等病状,这是肺癌和肝癌的早期症状,可不能大意了,抓紧治疗吧。"

家人一听,个个吓得面如土色,老伴和女儿当场就嘤嘤地哭起来。犟爷似乎早就预料到这一天,抬起打着点滴的右手,满不在乎地说:"一样生,百样死,死就死吧,怕个啥!"

医生从未遇到过这样"视死如归"的病人,他苦笑一下摇摇头,走到床前对犟爷说:"大爷,您这是长期烟酒过度造成的后果。听我一句话,赶紧把烟酒全都戒了,这样也许还有救。"

"救个屁!"犟爷一听,气不打一处来,随口骂了一句,也不知道哪来的力气,一翻身从床上爬起来,一把扯掉吊针线子,抖抖簌簌地下床穿鞋就要往外走。儿子赶紧上前搀扶,犟爷一把甩开,怒骂道:"滚开,谁要你龟儿子扶?"

儿子吓得赶紧闪到一旁,知道老爸的牛脾气又犯了。

犟爷走了两步,忽然想起什么,又折回床头,从枕头下掏出一个塑料袋,往床上一掼,气咻咻地对儿子说:"这是两万块钱,给老子准备后事吧。叫我戒掉烟酒,没门儿!"话音未落,人已朝门口走去。

医生下意识地往后退了一步,犟爷狠狠地剜了他一眼,嘴里冷笑一声,嘲讽道:"一个人在世上一点爱好都没有,那活着还有什么意思?"说罢,一甩袖子,踉跄着走出了病房。

一屋人面面相觑,眼睁睁地看着犟爷佝偻着的后背,消失在走廊的尽头。

6 点之前

疫情形势越来越紧张，单位安排我们所有在职党员干部，从即日起轮流到社区卡点参加防控值班。领导还特别强调一点，值班人员每天早上 6 点之前必须到岗。

在这非常时期，谁都不能懈怠，时间就是不能触碰的红线。我的脑子里也绷紧了这根弦，6 点，6 点，6 点……

4 月 1 日轮到我值班。头天晚上下班时，我发现电瓶车的电量已所剩无几，便将车子骑到紫城花园小区的车棚里充电，以保证第二天在去卡点值班的路上不耽误事儿。

在给电瓶车插上电源的当儿，我突然想起一件事来，按照以前的惯例，车棚每天晚上 9 点钟之前上锁，第二天早上 6 点之后才开门，一年到头雷打不动，不到点儿，谁也别想提前开门。附近的人，几乎都知道这个规矩。

看车的是个老太太，年逾八十，满头白发，看上去十分和善，脾气却有些古怪。她看着不顺眼的人，休想从她嘴里得到半句好话。在这存车的人，都是本小区或附近的居民，不少人都领教过老太太的厉害，还没有人敢打破她定下的规矩。

搁在平时，老太太开门时间的早与迟，对我来说倒也无所谓，因为我8点才上班。可是，明天一早要去值班，并且6点之前必须到岗，没有商量的余地。如果等老太太6点之后开门，加上路上的时间，到达卡点肯定要迟到，这怎么能行？

想到这，我身上的汗下来了，尽管傍晚的风冷飕飕的。不行，得找老太太商量一下，看她能不能帮我提前开一下门，好让我按时到岗值班。我鼓起勇气，抱着试试看的心理，走到老太太的身边。

此时，老太太正坐在车棚内的小凳上，跷着二郎腿，双手交叉抱在膝盖上，隔着铁栅栏，高声大嗓地同小区里的邻居谈论疫情的事情。老太太似乎有些激动，脸上红彤彤的。

我赔着笑脸，小心翼翼地问："明天早上几点开门？"

"6点。"老太太耳聪目明，口齿伶俐，像打电报似的甩过来两个字，冷冰冰的。

我向老太太说了一下明早要到卡点值班的事儿，并着重强调了6点之前必须到岗，最后用近乎哀求的口吻说："麻烦您老明早提前开一下门，要是迟到了，那可就……"

没等我说完，老太太不耐烦地打断我说："早上那么冷，谁给你开门？6点开门，到时你再来吧。"我想再解释一下，可老太太却把脸转了过去，继续和邻居说疫情的事儿。

我碰了一鼻子灰，只得悻悻地往家走。

回到家，我坐在椅子上傻愣愣地发呆，心绪不宁，慌慌的，没着没落，饭也不想吃。过了半晌，我做了个决定，下楼回到小区车棚里，准备把电瓶车推走，放在自家楼下，明早就不用麻烦老太太开门了。

我正在拔电源插座的连线，老太太端着饭碗从小屋里走了出来，她一边喝稀饭一边问："电没充满，怎么就拔了？"我说："把车子放在楼下，明早去值班就不会迟到了。"

老太太似乎有些诧异，用筷子敲了一下碗边，漫不经心地说："电没充满，骑到半路没电了咋办？接着充吧，你明早来了再说，不会让你迟到的。"

我狐疑地看了老太太一眼，对她的话半信半疑。事已至此，只能听天由命了。

凌晨5点，我被手机闹铃叫醒。匆匆穿衣，匆匆洗漱，又草草地对付了一下肚子，便提起头盔，带着防护用品匆匆下楼。这时，5点半还不到。

到了车棚，门前的节能灯已亮起，车棚里一溜几盏灯都白晃晃地亮着。门上的锁开着，挂在门鼻子上，我伸手取下门锁，就去推车。

响声惊动了老太太，她从小屋里走了出来。老太太双手笼在棉袄袖筒里，边走边说："我3点就起来了，一直在这等你，没耽误你值班吧？"

"没有，没有。"我连连说着，顾不上寒暄，骑上车子就走。

到了疫情防控的卡点，我看了一下手表，5点54分，比预定时间提前了6分钟。我长长地舒了一口气。

此时，东方的地平线上露出了鱼肚白，太阳即将升起，我和无数人的防疫值班工作开始了。

直至这时我才想起，走时太匆忙，忘了向老太太说声"谢谢"。等值班结束，我回去一定补上，当面说一句："老人家，谢谢您！"

我有五个兵

　　和妖皮子约好,礼拜天下午玩一场打鬼子的游戏。说这事的时候,是在礼拜五下午放学的路上,妖皮子一拍胸脯,爽快地答应了。"预谋"这场游戏,是我们在看过《小兵张嘎》电影后做出的决定,嘎子哥的形象时刻在我们的眼前闪烁,鼓动着、勾引着我们内心疯长的情绪,非要用暴力的形式宣泄一下。这与我们平时鸡争鹅斗的打架干仗有所不同。

　　那时,每看过一部抗战电影,我们扁担村的小伙伴们便会相约玩一场打鬼子的游戏,那过程惊险、刺激、过瘾。扁担村有二十多个男孩,年龄都在七八上十岁的光景,好动,顽皮,正是踢死蛤蟆玩死猴的年纪,对玩打鬼子游戏这档子事的兴趣,远远超过了看书学习,并且乐此不疲,百玩不厌。

　　电影里的小鬼子凶残成性,杀人如麻,大家都恨得牙根疼。一开始,没人愿意演鬼子,更没人愿意演鬼子小队长。正当大伙发愁时,没想到半路上杀出个程咬金,妖皮子蹦进人圈里,左手叉着腰,右手一拍胸脯,豪爽地说:"都不干,我来演。"

大家都笑，这妖皮子一根筋，又长着一张猴子脸，演鬼子小队长，像。打这起，每次玩打鬼子的游戏，都是妖皮子演鬼子小队长。他手下有十几个兵，都愿意跟他演鬼子。妖皮子很会来事，每次玩的时候，他会从家里带一大把小糖，一块一块地分给自己的小兄弟们。妖皮子的地位很稳固，演鬼子小队长成了他的专属。

我们六个人演的是八路军，有大田子、二拐子、三猫子、四喜子、五侉子，还有我。当初，在谁演司令这个问题上出了点状况，人人都想当这个官，可司令只有一个。二拐子提出用抓阄的方法来决定，大伙都摇头；四喜子又建议猜火柴棒来拼运气，众人还是摇头。我正憋得慌，忽然灵机一动，提议说："比撒尿，谁尿得远，就选谁当司令。"大伙一听，立刻乐开了花。"这个主意不错！"几人异口同声地说，"比就比，谁怕谁？"

我们一字排开，在大田子家屋后背人处，各自掏出自己的小玩意，对着地上的椿树叶子，哗哗啦啦地尿起来。刚开尿，五侉子就带着哭腔嚷起来："我尿不出来，前头刚尿过。"大伙笑起来，声音怪怪的，树上的麻雀被吓得嗖的一声飞走了。比赛结果我赢了，我尿得最远，尿线超过二拐子半尺。我顺理成章地当上了司令，大田子他们也就成了我手下的五个兵。这以后，再玩游戏选司令的时候，我就如法炮制，憋上半天的尿，比赛时一尿冲天，这司令角色自然稳稳地落到我的头上，想推都推不掉。我的这一伎俩屡试不爽，一直没被大伙识破，心中窃喜。

我开始行使司令的权力，给手下的五个兵分配官职。二哥、三哥以前在北京当过兵，我也玩过军棋，对部队的级别略知一二，军师旅团营，连排小工兵，我决定从最高级别的封起。大田子最壮实，敢打敢冲，就让他当军长；二拐子个子最高，让他当师长；三猫子最机灵，让他当旅长；四喜子最胖，让他当团长；五侉子个子最矮，就让他当营长。对这样的分配结果，其他人都比较满意，唯有五侉子一脸不高兴，嘟囔道："为啥只有我官最小？"大伙不理他，都笑。

大战在即，敌我双方都在全力备战。妖皮子的老子皮老妖是村里的木匠，妖皮子他们的武器是清一色的木条枪。最让我们眼馋的，是他有一把用木条雕出来的东洋刀，和电影里鬼子小队长龟田的指挥刀很像。相比妖皮子他们，我们这边的家伙就差多了，做枪的材料各式各样，五花八门：大田子准备的是一根葵花秆；二拐子的"枪"是秫秫秸；三猫子的是柳条棍；四喜子拿来的是他奶奶的拐杖；数五侉子的武器最差，一根麻秸秆；我的家伙也好不到哪里去，一把泥巴捏的手枪，歪歪扭扭的，丑陋不堪。没办法，只能这样将就了，谁让咱们不像妖皮子一样有一个当木匠的老子？

第二天下午放学，我把手下的五个兵召集到一起，指挥大家按照军长、师长、旅长、团长、营长的顺序站成一排，我这个司令要进行战前动员。我站在大田子家的石磙上,用威严的目光扫了一下,学着电影里嘎子哥的样子,左手叉着腰,右手挥舞着拳头,激情澎湃地说:"小鬼子是软的欺,硬的怕,只要我们一起跟他干,就能把他们打得稀巴烂。明天下午打鬼子,咱们八路军谁也不准当逃兵,装孬种。大家听到没有?""听到了!谁也不准当逃兵,装孬种!"大伙齐声高呼,喊声把椿树上的麻雀都吓跑了。

约定的时间到了,战斗即将打响。妖皮子带着他手下的十几个"鬼子兵",埋伏在二拐子家门口的椿树后、墙角里,虎视眈眈地盯着我们的阵地,时刻准备冲过来。而我们这边只有我一个人,大田子、二拐子、三猫子、四喜子、五侉子,他们一个都没到,像被大风刮跑了似的,全没了踪影。我急得像热锅上的蚂蚁,汗立刻就下来了,我一边跺着脚,一边大声地喊大田子他们五个人的名字,可喊了半天都没人应声,也不见一个人过来。这下可把我急死了。

对面的妖皮子早就等得不耐烦了,见我一个人在阵地前转圈圈,觉得有机可乘,他咻地打了一声呼哨,埋伏在树后、墙角的"鬼子兵",立刻叽里呱啦地怪叫着,呈扇面形向我冲过来。一拳难敌四手,恶虎还怕群狼,我孤立无援,成了真正的光杆司令,不消两下,就被妖皮子的手下抓住了,成了他们的俘虏。妖皮子夺过我手里的"枪",一把摔到地上,那把泥枪顿时四分五裂,碎成了泥渣渣。妖皮子左手叉着腰,右手拿着

"东洋刀"指着我，得意扬扬地说："还打吗？你的兵呢？"我气不打一处来，跺着脚，像泼妇一样地骂起来："狗日的大田子，狗日的二拐子，狗日的三猫子……你们是逃兵，你们是孬种！"我气急败坏，把我手下的五个兵一个不漏地骂了个遍。

正闹得不可开交时，一个腰里扎着围裙的男人走进人圈里，他是妖皮子的老子皮老妖。皮老妖掰开抓住我胳膊的几只手，又替我整了下衣服，笑眯眯地说："是我拦住大田子他们几个，没让他们过来打仗的。这皇帝轮流做，风水轮流转，凭什么每次都是你们演好人，让我家儿子演坏蛋？这不公平。"

我愣住了，傻傻地看着皮老妖的脸，不知他说这话是啥意思。一紧张，我的裤子里忽然泛起一股水汽，湿湿的、热热的。

抢饭吃才香

赵铁生是饿死鬼托生的,他在工地上抢饭的功夫真是一绝。

队长刚吹响收工哨子,他就像一只枪口下逃命的野兔子,三蹿两跳地跑回民工住地。他气也不喘一下,径直冲到灶台前,一把捞过铁锹样的大锅铲,盛上半碗米饭,再从另一口牛夭锅里舀上一大勺子菜扣在饭上,海碗便像小山一样地高耸起来,碗沿边粘着白菜叶、粉丝,碗底上滴溜着汤汤水水。赵铁生顾不上看炊事员老张直勾勾的眼,转身寻一方空地蹲下来,呼噜呼噜地吃起来。赵铁生这一套动作行云流水,一气呵成,等陆续赶回来的民工拿起碗筷,赵铁生已开始盛第二碗饭了。

民工们在正南淮堤打坝子,推土挑担累了一上午,早已饿得前胸贴后背,一到饭点,住地锅台前便挤满了饥肠辘辘的民工。这些民工平时粗野惯了,到了工地上根本不在意先来后到的事理,都想着先盛饭。二十多个民工聚齐了,围在锅台前推搡着,争抢着,吵嚷着,咒骂着,谁也不让谁。队长叉着腰,站在人群后面叫骂:"抢个熊嘛,不能一个一个来呀?一窝猪!"

民工们只顾抢饭，没人搭理他。赵铁生端着碗，踱到队长面前，揶揄着说："不抢，真吃不上饭呀！"队长气不打一处来，劈头盖脸地骂道："都是你挑的头，你是饿死鬼投胎转世的呀？"赵铁生讪讪地回道："俺急饭，在家也这样，惯了。"

第一天上工地，我就被眼前民工们抢饭的场景吓傻了，甚至感到了从未有过的恐惧，这与学校里老师教给我们的要让枣推梨、谦逊待人的道理拧着来，完全是桥归桥、路归路的两码事，颠覆了我的认知。我是最后一个到工地上的学生民工。初来乍到，不知道工地上的规矩，我不敢去抢，也不屑去抢。我初中刚毕业，自认为还没有沦落到民工们那样野蛮、粗鲁的地步。我竭力维护着那点可怜的自尊，尽管肚子里一阵紧似一阵的肠鸣声高亢激烈，端着空碗一直站在旁边，傻愣愣地看着民工们抢饭。

灶台前终于安静下来，民工们以锅台为中心四散开来，或蹲或站，一个个埋着头，呼噜呼噜的响声四下响起，合奏着一支挠人的乐曲，勾引着我肚子里的馋虫。炊事员老张向我招手，着急地说："还不过来，没饭了。"我走到锅台前伸头一看，牛天锅里只剩锅底上一块巴掌大的锅巴。锅巴黑黢黢的，如同一块黑炭，散发出一股焦煳味，我皱着眉，迟疑了一下。老张催促道："再不抄去，等下连锅巴渣子都没了，你喝刷锅水呀？"我把锅巴抄到碗里，又从另一口锅的锅底刮了半碗菜汤，这些残渣剩羹就是我的午饭了。我学着民工们的样子蹲在地上，准备吃到工地上的第一顿午饭。这时,赵铁生走了过来,他的肚子早已填饱,一边打着饱嗝,一边用大箬帚苗子剔着牙,看到我碗里的锅巴,不容分说劈手抢了过去,掰下一小半,把另一大半丢到我碗里。在接触的一瞬间,我闻到赵铁生身上有一股浓重的酸腊菜味,差点吐了。他掰开锅巴,丢进嘴里大嚼起来,嬉笑着说:"煳锅巴磨食的,真香!"

赵铁生五十来岁,中等身材,头发蓬乱,像这深秋田埂上的一团茅草,脸上的胡子密密匝匝,似乎个把礼拜都没刮过,一双鹰眼带着点儿拒人千里的冷漠。赵铁生是村里的双女户,女人生下大荣、二荣两个丫头后,肚子就像深秋的淮河水一样平静下来。又过了两年,他老婆的肚子还是没有一丁点动静,赵铁生坐不住了。某天,赵铁生仗着酒劲,一把扯住女人的头发,把她拖到巷口暴打了一顿,边打边鬼似的叫:"臭婆娘,打死你这个不下蛋的鸡,俺赵家的香火就要断送在你手里了……"大荣和二荣一人抱住赵铁生的一条腿,哭着哀求:"别打了,再打俺娘就被打死了。"赵铁生甩开两个女儿,双手抱住头,蹲在地上号啕大哭起来:"赵家绝户了,俺是绝户头,伯啊娘啊,儿子给你们丢脸了呀……"打这以后,赵铁生像变了一个人似的,一副破罐子破摔的样子,在村里到处逞强斗狠,就像一个天不怕地不怕的街痞二流子。尽管如此,村里人从骨子里还是瞧不起赵铁生,背地里都叫他"赵绝户"。赵铁生的两个女儿在村里、学校里,经常被野小子和男同学欺负。我和二荣同桌,小学五年里她没少受我的气，二荣胳膊一越过"三八线"，我就拿铅笔尖戳她。二荣疼得哇哇大叫，我却得意地大笑起来。二荣告到赵铁生那里，我和伙伴们同样没少挨他的巴掌，回头我们变本加厉地欺负大荣和二荣。

赵铁生和其他民工都是一个村子的，平时低头不见抬头见，大家是小巷里抬毛竹——你摸到我的根子，我摸到你的梢子。平日里各过各的日子，村里人很少跟赵铁生来往，也不了解他的生活习性，更不知道他在家吃饭时的德行。到了工地，赵铁生似乎换了一副皮囊，食欲、饭量大增，每天都像吃不饱似的，一到饭点，他第一个跑回住地抢饭吃，那抢饭的神功简直无人能比。赵铁生吃起饭来好似没有喉咙眼一样，三扒两咽，一碗饭就连汤带水全部进了肚子。队长见了，就骂他："贱相，干脆把脖颈剁了，直接把饭倒进肚里算了。你就是饿死鬼投胎转世。"赵铁生咧嘴笑笑，跟没事人一样。队长是他老叔，比他大五岁，骂得起他。

这天傍晚快收工时，赵铁生突然感到肚子疼，他咣的一声扔掉手推车，从工地边的皮树上揪下几片叶子，然后像兔子一样，拔腿向不远处的杨树林跑去，眨眼间便不见了踪影。等赵铁生回到住地，牛天锅里的米饭只剩锅底一点，手快、嘴快的民工已开始吃第三碗了，稍微嘴慢的几个民工围在锅台前正准备盛第二碗饭。赵铁生拿着空碗冲到锅台前，嘴里骂骂咧咧，抬手把抢饭的几个民工扒拉到旁边，呸地朝锅里吐了一口唾沫。

几个民工都愣住了，一齐把愤怒的目光投向赵铁生，恨不得把手里的空碗砸到赵铁生头发像乱草一样的脑袋上。队长粗野地骂了一句什么，挥挥手里的筷子，让民工们退到一边。几个民工看了队长一眼，最终还是忍住了，跟这样的无赖、流氓较真有什么意思？

赵铁生似乎没有看到这一切，锅台前只剩他和吓傻了的老张。赵铁生从老张手里夺过搪瓷钵子，抄起大锅铲，将附着自己唾沫的米饭全都盛进搪瓷钵子，又从旁边锅里将剩下的白菜粉丝汤一滴不剩地舀到钵子里，用筷子拌了两下，转身蹲到马灯的暗影里。呼噜呼噜的吃饭声很响地传过来，刺激着我和在场几个民工的耳膜。我吃饭嘴慢，和那几个民工一样，也没抢到第二碗饭，只凑合着半饱。天无绝人之路，好在锅台边还有一筐准备明天做菜的辣萝卜，我和几个没有吃饱的民工只得啃两个辣萝卜充饥。赵铁生吃下满满一大钵子饭菜，心满意足地笑了。他把空钵子扔到牛天锅里，一边打着饱嗝剔着牙，一边借着灯光奇怪地看了我一眼。我别过脸，心里骂道："自私，不讲一点颜面。"

秋末冬初时节，工地上的夜晚有了些寒意。二十多个民工挤在三间民房里，都一顺头地睡在地铺上，但被单下的稻草垫子很薄，夜里依然很冷。半夜时我醒了，又冷又饿，肚子叽里咕噜地叫，眼前晃动着白花花的大米饭。我翻来覆去睡不着，在被窝里烙起了"大馍"，饥饿的滋味真不好受，长到十八岁还从没遭过这个罪。窸窣的响声惊动了睡在我旁边的赵铁生。他翻过身，从稻草团成的枕头下摸出一个纸包来，在黑暗中摸索着递给我，压低声音说："晚上吃饭时，俺没真吐唾沫，只假呸了一口，谁让他们不给俺留饭。这饭团是干净的，给你留的，吃吧。"我和赵铁生紧挨着睡，这下又闻到他嘴里散发出的那股浓重的酸腊菜味。奇怪的是，这会儿我没有反胃的感觉，只顾想着纸包里的饭团。我用被子蒙上头，在被窝里撕开纸包，三两口便将饭团吞进肚子里。吃完饭团，觉得胃里舒服了一些，尽管饭团是冰凉冰凉的，但我分明感觉到，这饭团里带着赵铁生的暖意。

十月小阳春，天朗气清，太阳照在人身上暖洋洋的。工地上红旗招展，人声嘈杂，高音喇叭里播放着流行歌曲，到处呈现着一派兴修水利的火热场景。我身体瘦弱，又刚出校门，工地上繁重的体力活让我有些吃不消，身上的骨头像散了架一样，手上磨出了三个大水泡，贴身的衣服早已汗透，连续这么多天没洗澡，身上散发出难闻的气味。这些我都还能忍受，最要命的是，到工地后一直就没怎么吃饱过，我抢不过那些如狼似虎的民工，他们抢饭时不顾一切的强悍劲让我胆寒，也让我恐惧。在这方面，我只能示弱，尽管我干活时体力也远不如他们，但我没有像赵铁生那样偷奸耍滑，浑水摸鱼。我丢不起那个人。

终于盼到歇工的时间。我咣地扔掉那辆笨重的手推车，一屁股坐到堤坡上，喘着粗气。劳保鞋里灌满了泥沙，也懒得去倒，我连抬手的力气都没有。我身子一歪，倒在松软的沙土上打起盹来。太阳晒在身上暖暖的，我的眼前又晃动着白花花的米饭，这时候要是能吃上一碗，该多好啊！不觉间，我的嘴角流下一丝口水来。"别受凉了！"一个声音传来，吓了我一哆嗦。睁眼一看，赵铁生不知什么时候已站到我旁边。赵铁生昨天晚上给我的那个饭团救了我的命，不然哪能撑到现在？我心里忽然对他有了一丝丝好感。赵铁生坐下来，从裤兜里掏出一支皱巴巴的纸烟，划着火柴点上，深吸一口，吐出一个大大的烟圈，眯着眼对我说："汗没干透，凉风一吹，容易感冒发烧，你这小身板可招不住。"我坐起来，不想说话，眼睛直勾勾地看着不远处的杨树。赵铁生又吐出一个烟圈，眼也瞄向杨树林，说："工地上，各色各样的人都有，撑死胆大的，饿死胆小的，吃饭不抢不行。不能让，一让你就吃亏。你刚出校门，不懂工地上集体生活的规矩，吃大锅饭就这样，不能讲啥风格。你跟他们讲情面，他们不给你留面子，你让他们，他们不让你，你得想想点子。"赵铁生又吐出一个烟圈，四下看看，忽然压低声音神秘地说，"俺告诉你一个小诀窍：收工时手脚要麻利些，先到先得，手慢吃不着；盛饭时先盛小半碗，三扒两咽吃完了，赶紧去盛第二碗，记住，这第二碗一定要盛满，再用锅铲拍实，要拍得苍蝇拄拐棍都上不去。有了这实实在在的一碗饭，后面抢得到抢不到也就无所谓了，反正也快吃饱了……"第一次听赵铁生说这吃大锅饭的秘籍，我如堕五里雾中，听得一愣一愣的，难怪赵铁生每次吃饭都那么麻溜,原来他有秘不告人的绝招。我心里说,这个赵铁生呀,干活不行,抢饭吃倒有一手。

队长吹响了收工哨子,一丈开外的赵铁生给我打了一个手势,我心领神会,立刻来了精神。我跟在赵铁生屁股后面,像受惊的野兔一般,撒腿往住地跑。等队长和其他民工嘻嘻哈哈、磨磨蹭蹭往回走的时候,我和赵铁生已将碗筷抓到手里。赵铁生神速地盛好饭菜,退到一边吃起来。我如法炮制,按照赵铁生教我的方法,盛饭,打菜。炊事员老张站在一旁,乜斜着眼看我,眼神怪怪的。我装作没看见,自顾自呼噜呼噜地吃。等民工们摸到碗筷在锅台前争抢着打饭的时候,我和赵铁生已是第二碗饭下肚了。这是我到工地二十多天来吃的第一顿饱饭,我对赵铁生有了点好感,甚至还有几分感激。饭后,我和赵铁生坐在稻草堆上,看其他的民工吵嚷着抢饭,像看一出大戏。我一边打着很响的饱嗝,一边学着赵铁生的样子,用大笤帚苗子剔着塞在牙缝里的白菜叶。

队长因为工地上的事晚回来一会儿,等他拿起碗来一看,牛天锅里的米饭已经盛完了,只剩锅底上一块巴掌大的煳锅巴。队长骂了一声,摇摇头,极不情愿地抄起锅巴放进碗里,又从另一口锅里刮了半碗白菜汤,端着碗一屁股坐在赵铁生旁边,狠狠地瞪了他一眼,不满地说:"又是你挑的头吧?老实孩子都让你给带坏了。你个大老爷们,可讲鼻子二面的脸了(方言:不顾脸面),好歹给旁人留一碗饭吃。"赵铁生嘟囔一句:"怕熊

115

哩，俺是绝户头，不怕娶不上儿媳妇。再讲了，俺急饭，在家就这样，这有啥错呀？"队长拉长了脸，生气地说："你没错，俺错了，行吧？"说罢，猛地站起身来，端着碗气咻咻地走了。

赵铁生看着队长的背影，咧嘴诡异地笑了一下，然后从裤兜里摸出一根皱巴巴的纸烟，划着火柴点上，深吸了一口，吐出一大串烟圈来。他扭过头，对我说："俺没儿子，你做俺的养老女婿吧，俺把二荣许给你，咋样？"赵铁生突然说出这没头没脑的话，我一时愣住了，脸唰地一下红到脖子根，搓着手半天说不出一句话来。赵铁生看我窘迫的样子，突然放声大笑起来，几个吃饭的民工疑惑地看着他笑，不知道这"赵绝户"又遇到啥高兴事。

六年后的秋天，我娶了二荣，赵铁生成了我的老丈人。结婚那天，赵铁生当着我和二荣的面说："现在不用打坝子了，也用不着抢饭吃了。往后过日子，你们该抢的还要抢，抢来的饭吃着才香。还有，你们得给俺生一个带把的外孙子……"我和二荣对视一眼，羞赧地笑了。这时，我忽然感觉赵铁生嘴里那股酸腊菜味淡了很多。

麻袋里的酒

大哥喜欢吹牛,在老家是出了名的,大家伙人前背后都叫他"大猫子"。

"猫"是老家的一句土话,有吹嘘、瞎喷的意思,还暗含着不靠谱的意味,跟被人宠爱的猫咪没有半毛钱关系。

这一外号可不是什么好话,乍一听,给人一种不牢靠、信不过的感觉。无意中,对喜欢"猫"的人就多了三分戒备、五分提防。

一来二去,这"大猫子"的外号像长了腿一样,很快传到大哥的耳朵里。初一听,大哥并不意外,却像鬼一样地笑了,龇牙咧嘴的。这以后,大哥对这一外号也不忌讳,反倒多了三分得意、五分自豪。

事实上,大哥真是一个"大猫子",名不虚传。不管在哪种场合,只要一逮着机会,他便喷着唾沫星子,敲锣打鼓地"猫"起来。

只是有一点必须澄清,与其他好吹之人有所不同,大哥喜欢"猫"俺们五弟兄的酒量。在他眼里,俺们五弟兄个个都是酒海英雄,无人能比。这个,成了大哥最喜欢"猫"的资本,津津有味,百"猫"不厌。

大哥"猫"起我们五弟兄的酒量来,就像夏日午后的雷阵雨,说来就来,挡都挡不住。大哥挂在嘴边的话是:"不是吹哩,把俺们弟兄五个装麻袋里,随便摸一个陪酒,都能把你喝到桌底下去。"

"嘻嘻,吹牛不上税,你就可劲地'猫'吧。"最不服气的是几个老表,他们撇着嘴讥笑道。

大哥睨了他们一眼,脸上挂着鬼笑,回敬道:"安丰塘不是挖的,八公山不是堆的,是骡子是马拉出来遛遛,不信,你就抬着死人买棺材——试试看。"

"大晌晴天的,都叫你给'猫'阴了,你就是个'大猫子'。"几个老表拍着巴掌笑起来,肩膀一耸一耸的。

大哥继续"猫"道:"先打嘴,后讲话,俺丑话撂在前头,哪天要是把你们喝出好歹来,横竖不关俺们的事。"

有一个表哥不甘心,胸脯擂得咚咚响:"谁怕谁呀?哪天到你家比试一下,哪个不喝百盅酒,就从桌底下爬出去。不是吹哩,俺一个人就能把你弟兄五个摆过河。"

不久,打赌比试酒量的机会来了。

那年正月初六,几个表兄弟来给母亲拜年,中午留他们吃饭。还未开席,大哥又开始"猫"上了:"不是吹哩,把俺们弟兄五个装麻袋里,随便摸一个出来,都能把你喝到桌底下去。"

几个表兄弟并不搭话,只是嘿嘿地笑。看来,他们是有备而来。

不出所料,大桌上刚摆了一碟盐豆子、一盘花生米,斗酒大战便全线打响。我们五弟兄对阵五个表兄弟,正好十个人,没搭外手。大家都敞开酒量,你一盅我一盏地对决起来。

酒战正酣,坐在上首的大哥忽然使了个眼色,我们弟兄几个心领神会,立马分头寻找对象,一对一地单挑。因人而异,各展强项,有的是"三星照,四喜财,五魁首"地划拳,有的是"老虎杠子鸡叨虫"地打老虎杠,还有的是"大头小头"地猜洋火棒……五花八门。

一时间,大的、小的、粗的、细的,各种叫喊声混合在一起,地动山摇,直把房笆上的土震得扑簌簌地往下掉,菜碗上落满了土屑、烟灰、唾沫星子。

这顿酒喝的时间真叫长,从中午一直喝到晚上。结果可想而知,几个表兄弟真都喝到桌子底下去了,一个呼天抢地地哭,一个躺在自己吐出来的污物上睡着了,只有一个稍微好一点,对着空酒瓶傻笑,像捡了金元宝似的。

看到这一出好戏,大哥满意地笑了,笑得跟鬼一样,嗤笑道:"进门喜洋洋,出门手扶墙,你们几个是大桌上搁夜壶——不是盛酒的家伙。俺没'猫'吧,你们可服哩?"

大哥也有了醉意,说这番话的时候,舌头明显短了半截。

那位一直不甘心的表哥，这下醉得最惨，回家后吐了一宿，吐出来的东西装了满满一大脚盆，两个多月后，闻到酒味还直想吐。打那以后，他在人前背后再也不敢喊大哥的外号了，他不打折扣地服了。

年初六的这顿酒，真真地具有"划时代"的意义，从此，我们五弟兄的酒量在老家大名远扬，跟大哥的外号一样，无人不知，无人不晓。最最重要的是，大哥"猫"起来更有了自卖自夸的本钱："不是吹哩，把俺兄弟五个装麻袋里，随便拽一个出来，都能把你喝到桌底下去。不信，你去问俺那几个老表……"

私下里，俺们弟兄几个都劝大哥以后收敛些，免得惹人笑话。大哥却黑着脸说："你不知道，俺伯活着的时候不能喝酒，村里人都欺负他，说他不是个男人。现在好了，谁也不敢说俺们弟兄喝酒是软蛋，随便欺负俺了……"

我愕然，眼睛里辣辣的，像倒进一盅酒。

毒 杀

想想，我差不多是个死过一回的人。四十多年前，我还是小孩子时，表哥在我的碗里下了药，他想毒死我。

表哥想毒死我，是在他请吃"往年酒"的时候下的手。那年，我十二岁。

过罢年，农村里"往年酒"开始登场，亲戚、乡邻之间互相请吃，你请我，我请你，轮流做东，一户不落。这叫有来无往非礼也。

年初六中午，表哥家请吃"往年酒"，邀请的人是母亲。这次，母亲没有出面，叫我去表哥家吃饭。显然，她这是让我到表哥家打打牙祭，补充一下营养。这个，我懂。

到了表哥家，吃酒的大人都到了，都是村里的长辈，全桌只有我一个小孩。按照长幼有序落座后，表哥把我安排坐在八仙桌下首，跟他伙坐一条板凳。

摆碗筷的时候，表哥将他跟前的空碗放到我面前。我无意中看到，碗口边沾着一小撮白色粉末状的东西，像麦面，又像元宵面，还像药面子。我并没有在意，也没好意思抹拉掉，表哥正看着呢。

　　上菜了，碟子和大海碗摆满了桌子，有腊肉，有咸鹅，还有白菜豆腐，都是我喜欢吃的菜。表哥家日子过得殷实，从这一桌子的菜上就能看出来。

　　大人们开始喝酒划拳，"八毛冲子"的酒香，混合着纸烟的呛人气味，在表哥家的堂屋里弥漫，浓烈、炽热、朴拙。

　　我不理会大人们划拳时喷射出来的唾沫星子，只顾狼吞虎咽地吃。表哥喝了几盅酒，脸红扑扑的，连眼珠子都是红的。他夹起一块肉，故意在那撮白色的粉末上蘸了几下，然后放到我碗里，喷着酒气说，这是腌麻雀，肉可香哩。

　　我夹起沾着白色粉末的麻雀肉，看了半晌，这麻雀肉黑乎乎的，很小的一团，外皮泛着油光。想起以前捉住、玩过的麻雀，胃里一阵痉挛，强忍着没吐出来。

　　表哥眯着眼，在一边盯着，我只好硬着头皮，吃掉了那只黑乎乎的腌麻雀。吃完，眼泪都快下来了。表哥忽然哈哈笑起来，全桌的人都看向我，也跟着莫名其妙地大笑起来。

　　回家后不久，我的肚子突然像刀剁一样地剧痛，翻江倒海似的，痛得我直冒冷汗。我提着裤子，虾弓着腰，一次次往茅厕跑，一下午差不多跑了十几趟。

　　我躺在床上，浑身如虚脱了一般，没有一丝气力。眼睛盯着黑黢黢的房笆，想：肚子怎么就突然痛起来了呢？会不会是那只腌麻雀作的怪?

蓦地,一个可怕的念头如闪电般划过脑海,眼前浮现出那撮白色的粉末。莫非,表哥在我的碗里下了毒,那粉末是不是老鼠药?以前村里两个服毒的妇女,喝的就是"三步倒"老鼠药,也是白色的,就像我碗里的粉末。喝过之后,都是肚子疼得要命,直至一命归西。

想到这,汗又下来了,浑身上下如水洗一般。我一骨碌爬起来,跳下地,像无头苍蝇一样地在屋里乱转。我不明白,表哥为什么要在我的碗里下毒?他想毒死我,难道是要报一箭之仇?

那是有一年夏天的事。我们家和表哥家打了一架,原因是些"鸡叨白菜"的小事。结果表哥吃了大亏,他的后背挨了三哥一锹板,胳膊上也被我狠狠地咬了一口。

现在倒好,表哥干不过大人,专找小孩子下手,他往我碗里下药,想毒死我。他这哪里是在请客,分明是借吃饭之名来报仇的。这个表哥呀,真是知人知面不知心。

这下完了,我要死了。母亲还不知道这事,家里只有我一个人。我不敢也不想把我要死去和我的猜疑告诉母亲,我怕她伤心欲绝。

我又回到床上,安静地躺在被窝里,闭上双眼,悄悄地等待着死神的降临……

第二天早晨,我被麻雀叽叽喳喳的叫声惊醒,我动一下手脚,呀,我没死,我还活着,表哥没下毒,那粉末不是老鼠药。

拉开院门,正巧表哥从门前经过,他的眼珠子还是红红的。这时,他像变戏法一样地递给我一只麻雀,说,刚逮的,拿去玩吧,这麻雀肉可香哩。说罢,他又莫名其妙地笑了一下。

我正要伸手去接,那只麻雀却一扑棱,倏地从表哥的手里挣脱出去,噌地一下飞走了。半空中掉下两片羽毛,飘飘荡荡地落下来。

三块钱的事儿

到老家办完事，已是下午一点多钟，江辰打算坐车回县城。他四哥、四嫂也要回锅打店，仨人正好同路。

在路边等了几分钟，农班车来了。上了车，乘客不多，四哥、四嫂在第二排坐下，江辰坐在最后一排。

车刚开动，四哥便抢先买票，他递给售票员一张五十元的纸币。

售票员头戴一顶棉绒帽，年龄在六十开外，浓眉大眼，鼻直口方，穿着一件军绿色上衣，腰上系着一个装钱的帆布包，一看就是跟车卖票的。

"棉绒帽"手上一阵翻腾，开始找钱。四哥接过钱来，看了半晌说："你找我的钱不对。"

"棉绒帽"说："没错，两个到县城，一个到锅打店，一共二十五块钱，找你二十五块钱。"

四哥说："你听错了，一个到县城，两个到锅打店，一共十七块钱，应该找我三十三块钱。你只找给我二十三块钱，还差十块钱。"

这一绕,把"棉绒帽"绕晕了。他歪头想了一下,又看看手里的钱,确认自己算错了,重新给四哥找钱。

江辰坐在后排,"棉绒帽"找钱的过程他并没有看到,只听到他和四哥的说话声。

车行不远,坐在四哥前面的"棉绒帽"忽然转过脸,说:"还是不对,我刚才数了一下,卖出去的车票钱,跟我手里的本钱对不上账,还差十块钱,肯定是方才找钱时又找错了。"

四哥说:"没找错,对的。"

"棉绒帽"说:"没找错,你把我找你的钱拿出来看看。"

对这一无理要求,四哥很生气,他从兜里掏出钱来说:"我钱多着呢,都是你的吗?"

由于激动,四哥的手没拿稳,钱啪的一声掉在车厢地板上,有百元大钞,还有五十元、二十元的纸币,花花绿绿的。

四哥一边弯腰捡钱,一边气咻咻地数落"棉绒帽"。四哥还从未遇到过这样的售票员,江辰在后面劝道:"算了,别计较了。"

车到锅打店,四哥、四嫂同江辰打过招呼,便下了车。江辰则继续坐车回县城。

四哥他们还没走多远,"棉绒帽"忽然想起什么,嘴里嘟哝一句,还得找他们要这十块钱,说罢,一脚跳下车去。

车后传来四哥和"棉绒帽"的吵嚷声,声音很大,江辰却听不清他们在说些什么。

少顷,"棉绒帽"回到车上,对驾驶员说:"要回来七块钱,还差三块钱。现在的乡镇干部,怎么都这样……"

后面这句话,"棉绒帽"一连说了两三遍,声音很大,生怕别人听不见似的。江辰听了,心里很别扭,不单是"棉绒帽"在背后说了四哥。

车子继续行驶。开出一会儿,"棉绒帽"忽然站起身来,扶着车座椅,踅到江辰旁边,一屁股坐下来,拿起挂在胸前的微信、支付宝二维码,不依不饶地说:"你跟他们一块的,这三块钱,你给吧。"

江辰心里嘀咕,遇到一个难缠的角色了,惹不起可躲得起,嘴上却说:"你俩找钱我没看见,你说少了三块钱,有什么凭据?"

"棉绒帽"说:"不信,你打电话问问刚才下车的人,真差三块钱。"

江辰动也没动,他懒得打电话,为了这三块钱,不值。

接下来,"棉绒帽"喷着唾沫星子,絮絮叨叨地讲述着找错钱的事,像祥林嫂一样反复地述说家里的困难,说"雇来卖票一天才得七十块钱,今天贴了三块钱",云云。

江辰有些不耐烦,将脸转向窗外,不再理他。

坐了几分钟,看到江辰冷冰冰的脸,"棉绒帽"一无所获,只得悻悻地往回走。他边走边囔:"现在的乡镇干部,怎么都这样……"

后面这句话,"棉绒帽"一连说了两三遍,声音很大,似乎是故意让全车人都听到。江辰听了,心里很反感。

一路上,"棉绒帽"几次回头看江辰,江辰都装作没看见,眼睛一直看着窗外,心里却琢磨起这个"棉绒帽"来。

车到站了。江辰故意走在最后,将准备好的三块钱硬币递给"棉绒帽",盯着他的眼睛说:"不管是真是假,我给你三块钱,不就是这么大点事儿吗?"

"棉绒帽"很意外,有些激动地接过钱来。

顿了顿,江辰说:"以后你可要上点心,卖个车票找个钱都稀里糊涂的,你还能干什么?再有,嘴上积点德,现在的乡镇干部,并不是你说的那个样子。"

"棉绒帽"涨红了脸,像鸡啄米似的连连点头称是。

江辰跳下车,深吸了一口新鲜空气,突然感觉冬日午后的阳光真暖。

鬼婆婆

落花飞絮,又到清明。

鬼婆婆的坟茔卑微地蜷缩在老庄的西北角,湮没在杂草丛中,猥琐、孤寂。

坟茔只有两尺来高,外观仅是一个小土堆而已,若不留神,很难发现这是一座坟茔。

坟前没有一点祭奠过的痕迹,连残留的炮仗屑也找不到,好像一直就没人来过。

鬼婆婆生前没有子嗣,死后更没有人会想起她。

坟茔前的冷清、凄凉,就像鬼婆婆在世时一样落寞、寂寥。

鬼婆婆长着一张白森森的脸,发癫时披头散发,睁着一双空洞无神的眼睛,死死地盯着人看,就像传说中的吊死鬼一样,很是瘆人。

村里的大人小孩都喊她鬼婆婆,至于她的名字,从没人打听过,更无从叫起。

听母亲说,鬼婆婆命很苦,以前嫁过一个男人。男人嗜酒如命，三天两头耍酒疯打她。生了一个儿子，取名叫猫孩，这孩子长到七八岁时，一年秋天，突然得了一场大病，死了。过了两年，男人也死了。从此，鬼婆婆就疯了。

鬼婆婆改嫁到庄上时，疯病更重了，整天披头散发地到处游荡，见到人便傻呵呵地笑。看见庄上的小男孩，就比画着说："猫孩要在，也有这么高了。"

鬼婆婆疯疯癫癫的有些烦人，大人们连正眼都不瞅她一眼，小孩们每次见到她，都朝她吐唾沫、扔坷垃。

在庄上，母亲是唯一同情鬼婆婆的人。每次，我和庄上的孩子一起欺负鬼婆婆时，母亲知道后都要将我大骂一顿，数落道："跟好人学好人，跟老虎学咬人。"

似乎是念着母亲的好，鬼婆婆经常给我家送来一些吃的。她每次都拿着煮鸡蛋硬往我手里塞，边塞边说："吃呀，吃呀！"

我嫌她脏，不肯接。母亲在一旁白了我一眼，我只得乖乖地接了。

母亲和鬼婆婆站在那里叙话。这时候的鬼婆婆似乎不那么疯了，说起以前的事来头头是道，白森森的脸上竟有了一丝红晕。

过了一会儿，鬼婆婆忽然转脸看向我，眼里满是慈祥和爱怜。她轻轻地叹口气说："猫孩要是还活着，也有小军（我的小名）这么大了……"

母亲劝慰道："别再想这些伤心事了，好好活着。"

鬼婆婆点点头，脸上露出一丝笑容。

这年春天，鬼婆婆从鲶鱼岗上捡到一只野猫，一路傻笑着抱回家来，一进庄上就大声嚷道："俺有猫孩了，俺有猫孩了……"

庄上人远远地躲着她，有人背后说："这鬼婆婆又疯啦。"

打那以后，鬼婆婆整天抱着猫守在破屋里，嘴里"猫孩、猫孩"不停地叫着，脸上有了久违的笑容。

猫，成了鬼婆婆的命根子。家里有什么好吃的，都尽着那只猫吃。渐渐地，鬼婆婆来我家的次数也少了，我恨透了那只猫。

猫越长越大，也越来越肥壮，甚至超过了我家那只养了七八年的狐狸猫。这只猫很乖巧，整天喵喵地叫着，围着鬼婆婆蹭来绕去。

常常出现这样的场景：鬼婆婆抱着猫，猫躺在鬼婆婆腿上，一人一猫，安静地在门前的太阳下打着盹儿，很是温馨。

八年后的秋天，鬼婆婆的猫突然死了，听说是偷吃了邻居家的鱼，那鱼上抹了老鼠药。

鬼婆婆抱着猫的尸体，哭得死去活来，哭一时，又笑一会儿，声音有些骇人，嘴里不停地喊着："猫孩，俺的猫孩……"

当晚，鬼婆婆在屋后挖了一个坑，将猫埋进去，上面又堆起两尺来高的坟包。鬼婆婆一连三天三夜坐在坟前，泥塑木雕一般，不吃也不喝。

鬼婆婆已经没有一滴眼泪，眼睛眨也不眨地盯着坟包，嘴里机械地叫着魂："猫孩，来家……猫孩，来家……"

母亲过去劝慰，几次拉她不起，鬼婆婆的身子像钉在地上一样，纹丝不动。母亲无奈，只好让我给鬼婆婆送去一些吃的喝的。可每次去，上次送的东西还原封不动地放在那里。

秋风一天紧似一天，凉意也紧追过来。

这天一大早，鬼婆婆忽然来到我家。她换上了一件干净的对襟褂子，头发也梳理得整整齐齐，白森森的脸上竟有了一丝红晕，整个换了个人似的，再也找不到一点疯癫的样子。

鬼婆婆对母亲说："俺要走了，回老家去。"

母亲诧异地问："你回家干啥？"

鬼婆婆笑笑说："找俺的猫孩去。"

母亲问："那你什么时候回来？"

鬼婆婆又笑笑说："说不定，一年半载，也许……也许不回来了。"

临走时，鬼婆婆奇怪地看了我一眼，似乎有话要说，但最后什么也没说。

母亲没有多问，心想，鬼婆婆回老家散散心也好。

晌午时，母亲忽然一脸惊慌地跑回家，对我说："快去叫人，鬼婆婆喝老鼠药了。"我吓得不轻，拔腿就往外跑。

原来，母亲一上午都在回想早上鬼婆婆的事，总感觉有些不对劲，左眼皮一直在跳，有些不放心，就抽空到鬼婆婆家看看。一看，鬼婆婆已躺在床上，怎么也喊不醒，屋里弥漫着浓浓的药味。

等我叫来人，鬼婆婆已经不行了。她面容安详，像睡着了一般，白森森的脸上还残留着一丝红晕，嘴角挂着笑意。

鬼婆婆死后，就葬在自家屋后，和那只猫做了伴。这以后，庄上有人几次在夜里隐隐约约地听到鬼婆婆叫魂的声音："猫孩，来家……猫孩，来家……"

庄上闹起了鬼，搞得人心惶惶，有人开始往外搬，最后十几家人都搬走了，我家也搬到了公路边。

老庄子里只剩下鬼婆婆一座孤零零的坟茔。

鬼婆婆走了，庄上没有人再想起她，就像她从未出现过一样。奇怪的是，鬼婆婆去世多年，她的坟头上一直光秃秃的，寸草不生。有人说，这是因为鬼婆婆无后。

春天的风暖洋洋的，坟茔周围的杂草已抽出了嫩芽。我折了几根柳枝，轻轻地放在鬼婆婆的坟前，忽然感觉墓地上的风有点咸。

周　娘

周娘死了。

那天，从我家离开后不久，她在自己家里喝了半瓶农药。

周娘想死，似乎早有先兆，但没能引起任何人的重视，包括母亲。周娘死得出人意料。

那天晌午，我们刚端上饭碗，个头矮小的周娘，一手提着粗布手巾，一手拄着拐杖，一瘸一拐地进了门。周娘小时候得过小儿麻痹症。

周娘一直是我家的常客。在全生产队，周娘和母亲最要好。得闲的时候，周娘喜欢来我家和母亲叙家常。

这会儿，见周娘来了，母亲放下碗，连忙上前搀扶着，安顿她在板凳上坐下来。

母亲问："他周娘可吃咧？这边刚开锅，给你盛一碗？"

周娘有些疲惫地摆摆手说："吃过了，别忙乎了。"

母亲又问："那给你倒碗水喝？"

周娘有气无力地又摆手说："不渴。你坐吧，就想找你叙叙。"

母亲拉过一条小板凳,坐在周娘对面,重新端起碗来,边吃边陪着周娘。

这时,母亲才看出些异样。周娘披头散发,发间裹挟着几根碎稻草,眼睛红肿,眼角湿湿的,好像刚哭过,黑粗布裤子皱巴巴的,膝盖上有一大块灰斑。

母亲关切地问:"他周娘,你可是又跌倒了?"

"不是的,"周娘摇摇头说,"要是一跤跌死倒好了。"

母亲笑着打岔道:"哪能讲这话?"

周娘突然对母亲说:"他二娘,我活够了,这日子还有啥过头!"

母亲吓了一跳,埋怨道:"他周娘净瞎讲,好好的,啥死呀活的……"

"好啥呀?!"周娘打断母亲的话,提起裤筒来叫母亲看。母亲定睛一看,又吓了一大跳,周娘的腿上全是伤,有几处还在流血。周娘又撩起对襟褂子,侧过身来给母亲看。周娘的后背全是青一道紫一道的伤痕,像蚯蚓般布满整个后背。

母亲放下碗,往周娘身边靠了靠,惊讶地问:"他周娘,你身上哪来这些伤?"

周娘将对襟褂子猛地一拢,愤愤地说:"还有谁?老鬼打的。"

被称作"老鬼"的,是周娘的丈夫,我们喊他大表叔。这大表叔个头不高,性格却十分暴戾,周娘就像他脚丫里的死皮,任其处置,想打就打,想骂就骂,这些年没过过一天好日子。

听母亲问起这伤心的事,周娘再也忍不住了,眼泪哗哗地流了下来。她边哭边说:"今儿晌午,老鬼嫌我炒的菜咸了,抓过一根棍子就打,这背上的伤都是他打的。他还不解气,又一脚把我踢倒在地上,边踩边骂我'老不死的'。他二娘啊,老鬼这是往死里打我呀!你讲,我还怎么活?"

周娘说着,又嘤嘤地哭起来,手捂着脸,瘦弱的肩头剧烈地抽动着。

母亲的眼泪也止不住流下来,她拉着周娘的手说:"他大表叔真是的,下手这么狠,把人打死了怎么搞?⋯⋯"

"把我打死了,他才称心呢。"周娘抬起头来,边擦泪边说,"他二娘啊,这些年了,你还不知道,老鬼一直嫌弃我,说我只有三泡牛屎高,还是个瘸子,没本事没料,挣不到工分,在家吃闲饭,一辈子就是个废物。"

顿了顿,周娘又哽咽着说:"旁人不晓得,你还不知道吗?我是在家吃闲饭的人吗?烧锅做饭,缝补浆洗,喂猪喂鸡,扫地抹桌,种菜浇园,家务活都是我一个人包下来的。他们收工回来,都是吃现成的喝现成的,没一人给你搭把手。"

母亲问:"儿子、媳妇他们年纪轻轻的,回来不能给你帮忙吗?"

周娘说:"他二娘啊,你糊涂呀,家里有老妈子,当牛做马是该的。这儿子啊，怕老婆，老婆叫他往东他不敢往西，叫他打狗他不敢撵鸡。这媳妇也是惯的，回到家横草不拿、竖草不捏，油瓶倒了都不扶，经常甩脸子给我看不讲，还指桑骂槐地骂我，我连大气也不敢出。你讲，老鬼这样打我，儿子、媳妇又这样待我，我还有什么盼头？"

周娘又伤心地哭起来，母亲也陪着流泪，老姊妹俩的眼泪打湿了衣襟。不知过了多长时间，母亲和周娘才止住哭声，慢慢平息下来。

母亲擦拭着眼里的泪水，劝慰道："他周娘，想开些，往长远看，他大表叔年龄大些，脾气也许就会好些了。"

"狗改不了吃屎，狼改不了吃人，"周娘突然提高嗓门说，"老鬼在家里霸道惯了，指望他改掉脾气比登天还难。我跟他过了几十年了，还不知道他的德行吗？老鬼打我上瘾了，他一天不打我，手就痒得慌。哪天我死了，看他还打谁去……"

母亲打断周娘的话，说："千万别这样想，以后会慢慢好起来的。他周娘，你去队里讲讲，看队长可能管管他。"

"没用，"周娘摇摇头说，"队长是他亲兄弟，跟他大哥是一个鼻孔出气。以前，我找过他几次，他说家丑不可外扬，锅门口的柴火哪能往外抱？结果回家被老鬼打得更狠了，说我告他黑状，成心出他洋相。打那时起，我再也不敢去找他了……"

母亲叹了一口气，想不出什么更好的话来安慰周娘。老姊妹俩都缄默了，屋子里陷入死一般的寂静。外面树上的蝉声此起彼伏，吵得人心烦意乱。

过了半晌，周娘忽然伏过身来，解开带来的粗布手巾，对母亲说："刚才从家里拿了几个梨过来，给孩子们吃吧。以后……以后，恐怕没人给他们带吃的了。"

母亲似乎没有听出周娘话里的弦外之音，感激地说："他周娘每次来都给孩子们带吃的，留着你自己吃吧。"

"我不缺吃的。"周娘站起身来，捋了一下头发，又拍拍衣服，拿过拐杖来，努力站直身子，嘴角露出一丝笑意。她对母亲说："他二娘，耽误你们这么长时间，我该走了。跟你叙叙，这心里豁亮多了。多保重，我回去了……"

母亲拉着周娘的手说："他周娘，不要想其他的，好好活着，啊！"

"嗯。"周娘点点头，盯着母亲看了半天，眼圈忽然又红了，扑簌簌掉下泪来，一副难分难舍的样子。

过了一会儿，周娘像下定决心似的，猛地一把抹掉脸上的眼泪，转过身去，拄着拐杖，一瘸一拐地走了。

母亲站在门口，看着周娘渐行渐远的身影，轻轻地叹了一口气，嘴里自语道："唉，他周娘真是命苦！"

下午上工时，母亲在稻场上做活，左眼皮一直跳个不停，老是觉得有什么事似的，心神不宁，嗓子眼里干干的，像堵着棉花一样透不过气来。母亲后来说，她一辈子从来没有过这样奇怪的感觉。

快三点的时候,从李圩庄上突然传来呼救声:"快来人哪,周娘喝药了!"母亲吓得一激灵,头皮一麻,两腿一软,差点跪到地上,待回过神来,慌忙丢下手里的农具,拔腿朝李圩庄上跑去。

等母亲跌跌撞撞地赶到周娘家,先前赶来的男劳力们已七手八脚地把周娘抬到当院里。有人端来一大盆和好的肥皂水,一碗碗地朝周娘嘴里灌着催吐。

屋子和院子里弥漫着浓浓的农药味,周娘紧闭双眼,脸色惨白,灌进嘴里的肥皂水又原样从嘴角流了出来。这时,村卫生室的大夫赶到了,他翻开周娘的眼皮看了看,摇摇头,然后背起药箱,头也不回地走了。

惊天动地的哭声像山洪一样暴发开来,院子里的妇女们都哭了。周娘的儿子、媳妇在当院里打着滚地哭,谁也拉不起来。

几个男劳力把周娘抬进堂屋里,头里脚外地把她放在靠东篱笆的铺草上,又从当院西墙头的披厦里抬出一口黑漆棺材,放在堂屋中间。

母亲哭得瘫软在地。几个年轻妇女走过来,将母亲搀扶到周娘的铺草前,请母亲帮周娘洗脸、换衣,让苦命的周娘干干净净地上路。

母亲颤抖着手,用毛巾一点点地为周娘擦去脸上的肥皂沫和水渍,又仔细地把散落在周娘发间的碎稻草摘掉,一边摘一边说:"他周娘,你讲话不算数,你答应我好好活着的,怎么就……"

在给周娘洗手时,母亲忽然发现周娘的右手攥得紧紧的,手里似乎有什么东西。母亲轻轻掰开周娘的手指,手心里原来是一张照片。翻开一看,照片上是周娘的女儿,小名叫丫头羔子。十几年前,丫头羔子受不了大表叔的谩骂和殴打,一气之下喝了大半瓶农药,死的那年才二十二岁。

看到照片,母亲心里一阵难过,这是多好的一个丫头,说没就没了。唉,这娘俩真是命苦,都寻了短见,走的是一样的路啊!这下也好,娘俩到阴间做个伴,好好叙叙吧。

给周娘换衣服时,儿媳妇翻箱倒柜地扒了半天,也没找到一件半新的衣服。母亲又是一阵心酸,这周娘真是可怜,挨打受气、当牛做马一辈子,临死连一件像样的衣服都没有。母亲只得从一大堆旧衣服中选了一件补丁少些的衣服给周娘穿上。

"你个死老婆子,你个死老婆子……"大门外突然传来一迭声的叫骂。众人循声看去,只见大表叔扛着锄头,怒气冲冲地从外面回来了。进了大门,大表叔将锄头砰地往旁边一扔,兴师问罪般地朝堂屋走来,一边走,一边仍骂声不绝。

进了堂屋,大表叔手指着铺草上的周娘,咬牙切齿地说:"你个死老婆子,死都死不掉,你睡了我的老堂屋(方言:棺材),我照样叫你不得安生。"

说罢,大表叔突然像疯了一样,几步冲到棺材前,狠命地捶打着棺盖,又朝棺帮踹了几脚,嘴里骂道:"你个死老婆子,死了我照样打你……"

几个男劳力扑上前去,死命地把大表叔从棺材前拖开,连拉带拽地把他弄到院子里。一到院子,大表叔突然甩开众人,一屁股坐在地上,面朝堂屋,双手拍地,嘴里不停地骂着:"你个死老婆子……"随即,大表叔狼叫般地号哭起来。

当院树上几只麻雀被吓得扑棱棱地飞走了,飘下几片细小的羽毛来。

小气的田埂

这两天,三哥像被鬼摄了魂一般,走不安,坐不宁,一副六神无主的样子。三嫂逮着空就数落他真没出息。

三哥惹上了一场让他又气又恼的麻烦,因为一条田埂,三哥一怒之下,一锹把表哥打进了医院。

三哥和表哥家田连并埂,表哥家的田比三哥家洼一些。每年放水插秧时,水一泡,田埂都要向表哥家的田里塌下一点。

表哥从来不包田埂,有时还借整田之机,有意无意地从田埂上削下一些土来。两家之间的田埂逐渐向三哥家一侧移动,慢慢侵占了三哥家的田地。

天长日久,三哥和表哥两家之间的田埂愈来愈窄,以前能推着手推车从上面轻松走过,现在连空手走过一个人都有点费劲,田埂成了蚰蜒一样的小土埂。

为了田埂,三哥和表哥两家闹得很僵。三哥曾多次口头警告过表哥,三嫂也跟表嫂吵过、骂过,但都无济于事,表哥仍然我行我素,一点儿也没有改正和悔过的意思。

又是一年插秧季。这天一大早,三哥扛着铁锹到田里看水,远远地,看见表哥撅着屁股,在自家田边忙活着。三哥像猫一样,悄无声息地走过去。

此时,表哥背对着三哥,正挥动着铁锹,将田埂一侧的泥土铲起,抛向自家田里。表哥屡教不改,这会儿又削起了田埂。可他万万没想到,这次让三哥逮个正着,抓了现行。

三哥见表哥又在削田埂,一时肺都气炸了,立刻血往上涌,突然打雷似的吼了一声:"狗日的,还在削田埂,看阿不打死你个龟孙子。"

表哥正在闷头干活,陡然被三哥这一骂,吓得一哆嗦,手里的铁锹一抖,差点扎在脚上。待转过身来,看到三哥凶神恶煞的样子,一时也慌了神。

三哥把铁锹往田里一插,一手叉腰,一手指着表哥的鼻子说:"过去讲你削田埂还死不承认,现在阿都看到了,你还有什么话讲?"

表哥平时就有口吃的毛病,这下更结巴了。他涨红着脸争辩道:"谁、谁、谁,削、削、削田埂了……"

削了田埂不承认,还狡辩,三哥怒不可遏,一下失去了理智,猛地拔出锹来,扬手向表哥拍去。

表哥提起铁锹欲挡,哪知慢了半拍,三哥的锹板带着风声,啪的一声闷响,重重地拍在表哥的前胸上。

表哥嗷地叫了一声,一屁股跌进水田里,一边倒一边声嘶力竭地喊："打、打、打死人了，快、快来人哪……"

喊声惊动了在周围干活的村民，大家慌忙跑过来拉架。有人把三哥往家推，有人架起表哥往庄后的大路上走，表嫂找来电动三轮车，急忙把他送到镇上的医院看伤。

下半晌时，表嫂气咻咻地从医院回来了。她径直来到三哥家门前，站在那里拍手顿脚地叫喊："阿家男人快叫你们打死了，他要是有个三长两短，阿也不活了，就死在你们家。"

三哥知道自己这下闯祸了，吓得躲在屋里大气也不敢出。三嫂白他一眼，跳到门外，与表嫂对吵起来，最后竟动起手来，一时间，闹得不可开交。

大哥怕再弄出什么事端，不好收拾，便出面请村里从中调解。第三天一早，村主任来到三哥家，又差人叫来表嫂，让双方四只眼见面，现场进行调解。

村主任早已知晓事情的原委，不容争辩就单刀直入地说："可知道，你们两家这样做是犯法的吗？你家男人削田埂是不对的，违反了《土地承包法》。你打人更不对，违反了《治安管理处罚法》，闹出人命来，还要判刑。为了一条田埂，你们这样干，值得吗？"

三哥蹲在地上，闷头抽烟，一声不吭。表嫂抱着头坐在小凳子上，眼睛看着自己的鞋尖。他们似乎都有话要说，但一时又说不出来。

过了半晌，表嫂忽然站起身来，从三哥家门后抄起一把锹就往外走。村主任吓了一跳，忙喊道："你干啥去？"表嫂头也不回地答道："包田埂去。"

三嫂愣怔了一下，似乎明白过来，白了三哥一眼，也从门后提了一把锹说："阿也去。"

村主任笑了，对三哥说："你都不如两个女人，还傻愣着干吗？还不赶紧给你老表送点医药费去……"

怪诞的乡村

提 示

贫困户余大强是个盲人，虽说什么也看不见，但耳朵特好用，脑子也好使。

起初，有县领导来看望他，出于同情，会自掏腰包给他两三百块钱当作油盐钱，表示一点儿心意。这让余大强尝到了甜头。

有一天，副县长来看望他，余大强死死拉着领导的手说："县长这么忙，还跑这么远来看我，真是感谢党，感谢政府，感谢党的好政策！上次书记来看我，非要给我钱，我不要，最后硬塞给几百块钱，真不知怎么感谢。"

副县长听着，刚开始很受用，一边微笑一边频频点头，心想：我们的群众觉悟还是很高的，还是懂得感恩的，还是理解政府的……

听着听着，副县长的笑容僵住了，他明白余大强的意思。可是，自己出门从来都不带钱。书记都给了，自己不给，说不过去呀！一摸口袋，空空如也。

还是秘书机灵，悄悄递上五张百元大钞。副县长顺势接过来，塞到余大强手里说："老人家，这是我的一点心意，买点东西补补身子。"

余大强颤抖着手，把钱往外推："县长，您能来我家，就是我们天大的福气，这钱不能要，不能要……"

副县长说："老人家，别客气，也不多，就收下吧！"余大强再次紧紧地握住副县长的手，一时感动得说不出话来。

采 访

县电视台的记者要采访贫困户李大拿，村里通知他提前做好准备。李大拿从箱子里找出一套旧衣服，又故意把家里弄得乱七八糟，这就算准备好了。

第二天上午，村干部和扶贫队长提着油、米、面，陪着县电视台的记者来到李大拿家里。队长悄悄地把李大拿扯到一边，压低声音嘱咐他，待会采访时一定要说几句感谢的话。李大拿点点头："这个我懂。"

采访开始了。记者让李大拿带路，屋内屋外都拍遍了，连厨房都没放过。那个美女记者一边走一边不停地问这问那，李大拿一边机械地回答着，一边偷眼看几个记者。

几个记者只顾采访，没有一点想给钱的意思。李大拿的心凉了半截，就有些不痛快，心想，来了也不给钱，采访管个屁用，白耽误工夫，不然，我两圈麻将都打下来了。

最后，美女记者拿着话筒，请李大拿对着镜头说几句话。李大拿忙乎了半天也没见到一分钱，心生怨恨，早把队长叮嘱的话抛到了脑后。他对着镜头一个劲地说："感谢油！感谢米！感谢面！"

这场面真是大煞风景。电视台的记者面面相觑，村干部和扶贫队长一脸无奈，气得差点晕了过去。

三克油

上海下放知青大梁,被公社分配到安丰塘边的李圩生产队接受贫下中农再教育。这大梁雄心勃勃,一心要在李圩这片广阔天地里滚一身泥巴,炼一颗红心,实现自己的人生理想。

但是,理想和现实之间总是存在巨大差距,大梁遇到的第一个难题就是生活关。大梁从小一直生活在大城市,对农村生活的艰苦程度估计不足,真正在这里插队落户生活下来,就有些捉襟见肘应付不来,常常是淘米下锅后,才发现一根稻草都没有,只得像没头苍蝇似的东一头西一头地找柴火。

还有就是语言关。大梁一口地地道道的上海话,叽里呱啦的,社员们半天也听不懂他在说什么。再者,大梁是上海外国语学院毕业的,经常在他人面前说些"哈喽、号阿右、维啊儿可木"之类的外国话,与社员们沟通起来就更加困难。社员们听不懂大梁的话,大梁对当地的土话也似懂非懂。队里一个小青年就曾大着胆子,试着用土话骂了他一句,大梁竟没听出来,还嘿嘿地笑,以为是夸他呢。一旁围观的社员们笑得前仰后合,就差滚在地上了。

对小青年的恶作剧，李老憨有些看不下去，就站出来呵斥道："欺负一个外乡人算什么本事？有种的冲阿来！"小青年像耗子见到猫一样，吓得灰溜溜地跑了。

这李老憨没文化，扁担长的一字都不认识，可他生性耿直，为人憨厚，在全生产队有着很高的威望。李老憨同情大梁的遭遇，觉得像他这样的一个文弱书生，舍爹离娘地从大城市来到乡旮旯遭这份罪，真是可怜，从感情上就有些倾向大梁。知道大梁一个人生活不容易，他就自己抠一点，经常柴米油盐地接济大梁，像关心自己儿子一样地关心大梁的生活。

这天中午，大梁把淘好的米放进锅里，眼一扫，锅门前又没柴火了，正要出门去找，李老憨背着一大捆稻草进来了。大梁连忙接过来放在灶门前，一边帮李老憨掸身上的草屑一边说："呀所，下下弄，下下弄（大叔，谢谢你，谢谢你）。"

李老憨憨厚地笑笑说："一个人在这里不容易，以后生活上有啥困难尽管说，有阿吃的，就有你喝的。柴火烧完了，阿再给你送来。"说罢，从口袋里掏出一包腌腊菜、酱豆子之类的咸菜放在桌子上，转身往外走。

大梁十分感动，一边往外送一边用洋文说了句："Thank you（谢谢你）。"

正走到门口的李老憨没听清，转过脸问："你说啥？"

大梁并没意识到什么，加重语气说："三克油，三克油。"

"什么三……三克油？不懂。"李老憨笑笑，拍拍屁股走了。

走在回家的路上，李老憨心里一直在琢磨："这'三克油'到底是啥意思？这个大梁啊，就会玩文吊武的。"

李老憨是个直性子，人还没到家就把这事给忘了。

过了几天，李老憨又给大梁送来一大捆秫秸当柴烧，一进门就说："阿估摸着你的柴火快烧完了，这不，水也没顾上喝一口，就给你送来了。"说着，像变戏法似的从口袋里掏出两个红皮鸡蛋，在大梁眼前晃了一晃，心疼地说，"这里日子苦，看你瘦多了。赶紧把鸡蛋炖了，炒也照，补补身子。爹妈不在跟前，自己要多保重些。"

大梁鼻子一酸，眼泪差点流下来。他一把抓住李老憨满是老茧的手，动情地脱口而出："三克油，三克油！"

李老憨皱了一下眉头，不悦地抽回手来，一句话也不说，背着手悻悻地走了。

大梁怔在那里，看着李老憨远去的背影，心里犯起了嘀咕："我说错什么了吗？"

同样犯嘀咕的还有李老憨。大梁一而再，再而三地说什么三克油，他也不解释，到底是啥意思呢？是好话还是歹话呢？李老憨实在憋不住了，就把前后两次送柴火时大梁说过的话跟老伴说了。

老伴是一个整天围着锅台转的农村妇女，哪里听过这样的新名词？听老头子一说，就像听天书一样，愣怔了半天也搞不清"三克油"是什么东西。老两口陷入沉默之中,各自都在心里思谋着那该死的什么"三克油"。

过了半晌,老伴像突然想起什么似的,小心地说:"哎,老头子,这大梁是不是变着法子撅阿们呢?"

"什么?撅阿们?不会的。"李老憨一听,就以不容置疑的口气说。

老伴劝解道:"不是没有这方面的可能。你想啊,前段时间队里几个小青年用土话撅过他,他大梁不是没听出来吗?他如果用上海话撅阿们,阿们照样也听不出来。他这是报复哩。"

李老憨直眉瞪眼地说:"这怎么会呢?阿们对他那样好,给他送吃的、送烧的,他大梁不能不讲良心。"

老伴接茬儿说:"话是这么讲,可人心隔肚皮,你知道大梁他心里怎么想的?这人都会变的,大梁是城里人,哪看得起阿们乡下人?你把心扒给他吃了,他还嫌你苦呢。这喝过墨水的文化人,都是阎王殿难缠的鬼,他讲那个什么什么三克油,说不准就跟阿们平时撅人说猪啊驴啊差不多。下次大梁再这么说,你就跟他翻脸……"

听着老伴絮絮叨叨地嚼舌头,李老憨心里烦透了,但又有些将信将疑。这天晚上,李老憨平生第一次失眠了……

这天中午特别闷热,天阴沉沉的,像是要下暴雨的样子,远处传来沉闷的雷声。大梁刚一收工回家,李老憨就挑着一担麦秸草过来了。俩人刚把麦秸草抱进屋里堆好,雨就下来了,满世界都是哗哗的雨声。

大梁拿过自己的毛巾给李老憨擦汗，李老憨一把推开了，用自己的褂襟囫囵着擦了一把。李老憨坐在板凳上歇息了一会儿，然后慢慢从怀里掏出两个用粗布手绢包着的炕馍馍，递给大梁说："你大婶刚才炕的，还热呢，趁热吃吧。"

大梁眼里湿湿的，不知是泪水，还是脸上的汗水流进了眼里。他看着李老憨，真挚地说："呀所，下下弄思见里额喔（大叔，谢谢你这么长时间关心我），三克油，三克油。"

李老憨不听便罢，一听就气不打一处来。他想起老伴的话，怒火直往上蹿，腾地一下站起来，指着大梁的鼻子说："狗屁三克油，你除了会讲这句话，还会讲人话吗？"

大梁被吓蒙了，嗫嚅着说："吾是格记的，下下弄噎嘎门（我是真心的，谢谢你一家人），三克油，三克油。"

这大梁倒霉就倒霉在这"三克油"上，李老憨再也压制不住积蓄心头的怒火，几乎咆哮着吼道："你的良心叫狗吃了？你讲阿是'三克油'，你全家都是'三克油'。"

咔嚓一声雷响，几乎和李老憨的吼声同时响起，震得屋笆嗡嗡地响。李老憨说罢，背着手一头冲进雨幕中。

大梁愣怔地站在屋子里，手里的两个馍馍啪嗒一声掉在地上。

外面风雨正大……

逆 行

盛夏酷暑，烈日当空，头顶像罩着火炉一般。路上行人脚步匆匆，不愿在骄阳下多待一会儿。

下班经过的街巷狭长空寂，悄无声息，像一条被晒死的长蛇。南北走向的街巷，被正午的阳光照射得一片炫目，巷子东边的房屋遮蔽着火球一样的阳光，投射下一片狭长的阴凉。

我骑着电动车，躲在这片难得的阴凉里，一路向北行驶。行至不远，一个也骑着电动车的靓女迎面驰来。奇怪的是，她不走巷子西侧，偏走东侧的阴凉地。

眼看就要到跟前了。我赶紧按喇叭，提醒她避让，靓女理也不理，径直冲过来。在两车即将相撞的瞬间，我赶紧一扭车把，躲过来势凶猛的对方。由于车速过快，两车的车把还是砰的一声刮上了。

停下车来，惊魂未定的我气急败坏地朝靓女吼道："你怎么骑车的？不知道你是在逆行吗？"

靓女一条腿支在地上，一副无所谓的样子。她翻眼看了一下前方,轻描淡写地说:"不知道。"

看见靓女满不在乎的样子,我更加来气,一边抹着头上的汗水,一边用长者的口吻教训她道:"靠路的右边走,连三岁小孩都知道。你这样逆行,多危险啊!都抢阴凉地走,还要路规干什么?这世上不就乱套了吗?"

靓女嘴一撇,不屑一顾地说:"这大热天的,谁不想走阴凉地?管他什么路规不路规的!"

"你简直是强词夺理,不可理喻!"对于靓女的傲慢无理和不晓事理,我有些怒不可遏。

靓女转过脸来看我一眼,轻蔑地说:"你长得跟非洲人一样,多晒一会儿有什么大不了的?"说罢,启动电动车,一溜烟走了。她走的还是巷子东边的阴凉地。

"这不是肤色歧视吗?"望着靓女远去的背影,我连生气的本能都没有了,自我安慰道,"不要和层次不同的人争辩。"

路　口

骑车去局里办事，经过淮河广场一处路口。

远远地，看见红绿灯电子屏的数字变成黄色，差几秒即将变成红灯。见路口没人，我就想加速冲过去。

"吭吭……"旁边传来一阵咳嗽声，像是有意提醒我前面是红灯。我赶紧捏刹车，车子前轮刚好轧在斑马线上。

侧着头循声看过去，我这才注意到，旁边还有一个人，是个老头。老头骑着一辆脚踏三轮车，车斗里散乱地堆放着一些韭菜、茄子之类的菜蔬，像是一个卖菜的。此时，老头安静地坐在车上，一边慢悠悠地用草帽扇着风，一边眯缝着眼睛看着前面的红绿灯，一副气定神闲、姜太公稳坐钓鱼台的样子。

已是近午时分，路口连一辆汽车都没有，除了我和这个老头，其他人连个影子都看不见。尽管亮着红灯，但路口一没汽车，二没行人，这个时候依着我，早闯过去了。

我有些纳闷，就问老头："刚才黄灯亮的时候，你可以直接骑过去的，干吗待在这里傻等呢？"

老头看我一眼，摇了下头，把眼睛转向了前方的电子屏。

我以为这老头耳背，就提高声调又问了一遍。

"吭吭……"老头咳嗽几声，这才转过脸来，声音轻缓地说，"我耳朵不聋，听着呢。"

我一时语塞。

老头停止扇风，眼睛盯着电子屏上不断变化的数字，慢悠悠地说："路口没汽车没行人不假，但是红灯停，绿灯行，这个连三岁小孩都知道。家有家法，路有路规。都瞎骑一通，这路上不就乱得跟澡堂一样？立下了规矩，人就得守着。"

听了老头的这番话，我感觉脸上火辣辣的，恨不得找条地缝钻进去，不由自主地，悄悄把电动车退回到斑马线内。

绿灯终于亮了。老头蹬起三轮车，慢悠悠地向路对面骑去，渐行渐远，吭吭的咳嗽声也愈来愈小……

看着老头远去的背影，我一时竟忘了赶路。此时，一种敬意从心底潮水般涌起。

凡尘俗世，芸芸众生，你的身份可以卑微到尘土里，但你的人性不能沦陷到泥淖中。

就像这个卖菜的老农。

五魁首

小 七

小七以吝啬闻名,在街上无人不知、无人不晓。

一日,遇一乞丐上门讨钱,小七吭哧半天,从裤兜里摸出一枚硬币,当啷一声丢在破瓷碗里。

乞丐定睛一看,一脸的不屑,揶揄道:"一毛钱打发要饭的,你也太抠了吧?"

小七不好意思地笑笑,说:"兜里就这一毛钱了,要不,再给你舀点米吧?"

乞丐抹了下脏兮兮的黑脸,讪笑道:"谁稀罕你的米!现在一毛钱掉在街上都没有人捡了。"

小七挠挠头,正色道:"这一毛钱,就是我在街上捡的。别人不捡,我捡。"

乞丐黑着脸,从破瓷碗里取出那枚硬币,往小七手里一撂,讥笑道："这一毛钱留给你做种吧，夹在屁沟里，别弄丢了。"

乞丐不满地哼了两声，转身头也不回地走了。

小七看着乞丐远去的背影，大感不解，嘴里喃喃自语道："儿子上大学哩，不抠咋行？"

生　意

聪聪：舅舅，帮我检查一下作业好吗？

舅舅：好啊，我看看。

聪聪：检查要仔细一点，答案准确率要保证在百分之九十五以上。

舅舅：这是为什么？

聪聪：你不知道，班上其他同学都抄我的答案，每人每月给我二百元，这叫有偿服务。如果答案准确率达不到百分之九十五，我的生意就被别人抢走了。

舅舅：这……这不是糊弄人吗？

聪聪：现在学校里都这样，有啥好奇怪的？

舅舅：你个小屁孩，才上小学二年级，就懂得经营之道了。

聪聪：这都是跟舅舅你学的，你现在都是县城里数一数二的大老板了。

舅舅：你小子，青出于蓝而胜于蓝，聪明程度都超过你舅舅我了。

聪聪：不过，这事你得替我保密，千万不能让我爸爸妈妈知道了。他们要是知道了，就不会每月给我二百块零花钱了。

舅舅：啊……

掉　魂

李大爷是个空巢老人，年事已高，记性不好，经常犯糊涂。

这天，李大爷忽然发现自己的老年手机不见了，翻箱倒柜地找了半天，也没看到手机的影子。

李大爷一屁股坐在椅子上，眼睛直勾勾地盯着某个地方看，傻了一般，嘴里喃喃自语道："哪去了呢？哪去了呢？……"

一整天，李大爷都是这般失魂落魄地呆坐在那里，茶不思，饭不想，怎么也想不起来手机落在什么地方了。

天近傍晚时，李大爷忽然想起儿子，就拨通儿子的电话说："儿子，我的手机丢了，怎么找也找不着了。"

儿子在电话里说："你现在打电话用的不就是你的手机吗？我存了你的号码的。"

李大爷坚持说："这是电话，不是手机。"

儿子哭笑不得地说："你现在跟我讲话用的就是手机，手机就是电话，电话就是手机。真是的，你不是在骑驴找驴吗？"

李大爷说："我没骑驴，我骑的是椅子……"

手机那头沉寂下来，过了半晌，突然传出儿子压抑的哭声。

散放的小兔子

赵小山

赵小山上课时无精打采,注意力不集中,思想总是开小差,令班主任头痛不已。

这天课前,班主任向赵小山传授一法,并亲自示范一番——竖起食指,置于眼前一尺有余,双眼凝神视之,时间一长,必定全神贯注。

赵小山谨遵师嘱,每日课后加以练习。回到家中,亦日夜反复操练,状如禅师修行,废寝忘食。

其父在旁观之,心中窃喜,如此下去,这小子练出一身气定神闲的功夫,长大必有出息,将来考个清华、北大一类的名校都有可能。

一周后,赵小山一改过去的马虎样子,上课时注意力特别集中。只是赵小山看人的目光直愣愣的,班主任感到后脊梁上直发凉，这赵小山怎么成了斗鸡眼了呢？

张贵田

　　张贵田的同桌有口吃毛病，每次"啊、啊"地说上半天，嘴里也蹦不出几个字，常常惹得同学们哄堂大笑。

　　张贵田觉得十分有趣，下课时喜欢故意逗同桌讲话。同桌一急，说话更加结巴，脸涨成猪肝色，脖子上似有几条蚯蚓在爬。

　　张贵田特别兴奋，索性站到凳子上，手舞足蹈地模仿同桌的样子，在教室里上演一出"结巴秀"。他惟妙惟肖的表演，直把女同学的眼泪都笑出来了。

　　张贵田很是得意，觉得自己就是一个大演员，班里的女同学投过来的都是崇拜的目光，送花、送零食的人特别多。

　　张贵田似乎找到了当明星的感觉，干脆完全模仿起同桌的结巴来，包括同桌急红了眼的神情，甚至连同桌结巴时流口水也照搬照抄。

　　半年后，张贵田成了一个真正的口吃者，结巴起来比他的同桌还厉害。

李龙宝

　　李龙宝是四门单传的独苗，宛若家族里的龙蛋宝贝，特别金贵。

　　满周岁剃胎发时，奶奶特意让理发师给李龙宝留了个小辫子，当地俗称"奶奶拽"，寓意长命百岁，富贵吉祥。

　　很小的时候，李龙宝脑后拖着个"奶奶拽"，特别好玩，大人们一见，总要上去摸一摸，然后在他红扑扑的小脸上亲了一口。

　　李龙宝上小学后，麻烦事就一个个地来了。老师安排座位时，男生都不愿和他坐在一起，说他是女生。女生更不愿和他坐一块，说他是男生。老师无奈，只好在教室最后一排给他单独安排了一个座位。

　　更要命的是上厕所。学校里的男生好像商量好了似的，只要看见李龙宝往厕所跑，就有男生堵在门口说："你是女生，到女厕所去。"刚到女厕所门口，又被女生轰出来，还骂他说："你是男生，凭什么到女厕所来？臭流氓！"

　　被学校里的男女同学轰来撵去，李龙宝上不了厕所，好几次都尿到裤子里。有两次实在憋不住了，他就跑到教室墙角撒尿，不想被校长逮个正着，在全校师生会上被点名批评。

　　李龙宝长到七八岁了，哪受过这样的憋屈？他恨透了头上的"奶奶拽",真想拿把剪刀把它给剪了。可奶奶和爸爸反复讲过,头上的"奶奶拽"到了十二周岁才能剪掉,不然小命就没了。

没办法,李龙宝只得硬着头皮去找校长,把前因后果一五一十地说了。校长二话没说,拉起李龙宝就往厕所跑,扒下裤子验明正身后,嘴里道:"是男生啊!"

校长一时犯了难。李龙宝皮肤白皙,又扎着个小辫子,外貌的确像女孩,可本质上是男儿身,这上厕所还真是件难事。校长苦思冥想了半天,终于想到了一个好办法。

校长找人在学校厕所旁又搭了一个简易厕所,里面放上一只大尿桶,专供李龙宝使用。此后,李龙宝再也不为上厕所发愁了。

争 辩

黄老师上地理课时照本宣科，如催眠曲般极具感染力，学生皆呼呼大睡。

这天上课时，全班学生故技重演，黄老师实在忍无可忍，一时怒从心头起，突将课本往讲台上一掼，大发雷霆曰："尔等还在酣睡，地球掉进太平洋里了，水快要溅进教室里了。真乃朽木不可雕也！"

一语惊醒梦中人，众学生皆睡眼蒙眬，大惑不解，你看我，我看你，全不知老师所说之意。

一男生打着呵欠，大着胆子问："老师，你说地球掉进太平洋里了，到底是地球大，还是太平洋大？"

"这个……"黄老师猝不及防，一时竟面红耳赤，无言以对。他感到同学们投过来的目光，如刀子般锐利。

短暂停顿之后，黄老师故作镇定曰："到底是地球掉进太平洋了，还是太平洋之水溅到教室里来了，我都被你们搞糊涂了。要想了解究竟，你们自己查查地图不就完了吗？"

众学生面面相觑，哭笑不得。

三眼井

瞎　子

朋友小聚，略酌两杯，眼神就有些迷离，回家时，脚下也踉跄起来。

北街在修路，两边用栅栏隔离起来，行人须走两边的路牙。橘黄色的路灯有些昏暗，路牙上影影绰绰的。

前面有一家三口在散步。在一家商店前，走在后面的女人略一迟疑，停顿了一下，紧随其后的我收不住脚，脚尖踩在她的脚跟上。

当时，我想也没想，就超了过去。事后想想，我这人素质确实有问题，连一句道歉的话都没说。

走了几步，只听女人在后面嘟囔："明灯亮火的都看不见，大睁眼地往人家脚上踩，眼睛可瞎掉了？"声音不大，我却听得真切。

我不敢吱声，分明看见她的老公就在前边不远处，人高马大的，怕他揍我，便加快脚步，一路超了过去。

感觉安全后，我边走边想，这女人眼光真毒，她怎么知道我是"瞎子"？两眼近视1300度，右眼因视网膜脱落做过手术，在昏暗的路灯下走路，可不跟瞎子一样跌跌撞撞的吗？这女人不简单，猜想她可能是眼科医生，有一双洞穿千事万物的犀利眼睛。比如我，她一看一个准，知道我是一个"瞎子"。

从此，我就以"瞎子"自居，走在大街上遇到熟人，再也不打招呼了。

规　则

去银行取款，见3号窗口空无一人，便径直走过去，递上存折说："取钱。"

男营业员翻眼看了一下，一副诧异的样子："你取号了吗？你不知道电脑叫号吗？"

哦，还要取号。原来心想窗口没人，直接取钱不就完了吗？还费这个事干吗？

刚取完号，电脑语音就响起来："请B0050号到1号窗口。"我拿着号头，直奔刚才那位男营业员所在的窗口，递过号头和存折，等着取钱。

正在柜台里面忙活的男营业员又翻眼看了我一下："你等于

没取号，电脑叫号喊你到1号窗口，我这里是3号窗口。"

我抬头看了一下柜台上方的电子屏，果然是3号窗口，便不好意思地笑笑。正准备起身到1号窗口去，男营业员说："算了，就在这取吧。"然后说，"下次注意了，取款前要先取号，等着电脑叫号，电脑叫到哪个窗口，就到哪个窗口办理业务，这叫规则。"

"是，是。"我连连点头。回头一想，男营业员的话真是深刻，让我一下明白了什么是规则。没有规矩，不成方圆，像我一样不讲规则，这世界岂不乱套了？

共 享

农班车上，我和一位胖大姐同座。她一边嗑着瓜子，一边高门大嗓地和前后座位上的熟人说笑着。

胖大姐不停地扭动着身子，把我挤向一边，以致我只剩半拉屁股挨在座椅上，眼看就要掉下来，我便客气地说："大姐，麻烦你朝里面去一下。"

胖大姐动也不动，扭头看了我一眼，揶揄道："嫌挤啊？买私家车呀！"

"这……"一句话噎得我半天出不了声。

正思谋着怎样"回敬"几句，只听胖大姐又说："这农班车是公共交通工具，老百姓都能坐。那高铁坐着舒服，就能坐你一个人吗？那飞机坐着享受，也不能只坐你一个人吧？这交通工具生产出来，就是让我们平头老百姓坐的。图宽敞，想舒服，你花钱包专座呀！"

"你……"面对喋喋不休的胖大姐，我一时竟说不出话来。周围的旅客投来讥笑的目光，我半个屁股如坐针毡。

这还不算完，胖大姐吐了一口瓜子壳，又教导说："这公共交通工具大家都能坐，这叫资源共享。车上挤一点很正常，你就忍忍吧。"

"我……"我一时语塞，后悔怎么惹了这样一位狠角色，引得她一路絮絮叨叨，没完没了。这下，我连生气的本能都没有了。

事后想想，胖大姐说的，话糙理不糙，公共交通工具不就是大家一起乘坐的吗？譬如我和胖大姐，就共享着一个座位，尽管我只坐了半拉屁股……

问题大了

江湖初中毕业后无所事事，想着老是这样混也不是个事，便张罗着在街上开了个修理收音机的摊子。

摊子不大——一张桌子，一把椅子，桌子上放上一些电烙铁、松香、破旧收音机等杂七杂八的东西，虽然简陋得近乎寒酸，但还是像那么回事。

在20世纪80年代，收音机已相当普及，农民家里几乎每家一台，出现一些故障是常有的事，一般都是些简单的小毛病，三下两下就能解决掉。对于懂些无线电修理技术的人来说，不难。

赶到逢集，江湖的摊子前都会聚集很多要修收音机的农民。每次接过收音机来，江湖都要装模作样地打开机盖，十分认真地检查一番，然后故弄玄虚地对主人说："这机子问题大了，一时三刻修不好，你下一个逢集再来拿吧。"

收音机的主人只得离去。这么一来二去的，大家都知道了江湖的习惯，这就是每台收音机的问题都很大，并且他当时也不修理。后来，人们也就渐渐习惯了江湖那句"问题大了"的口头禅。

这江湖还算敬业，回到家里，就把从集上收来的收音机一一打开，逐个修理。这些个被他称作"问题大了"的收音机，其实问题都不大，有的是电池的正负极装反了，有的是线头松动了，还有的把调谐器调到了空挡上，更有的是长时间不换电池，那电池都烂了……想想，江湖自己都觉得好笑，心想，谁叫他们不懂呢？

这天，江湖又收了一台收音机，他倒腾半天也没发现问题症结，总是不出声。江湖就有些急了，随即拿起一把大起子，这里敲敲，那里捣捣，想做进一步检查。这时，随着咔嚓一声，绕线圈的磁棒一下断成两截，也不知是收音机的质量出了问题，还是江湖用力过猛，总归那根磁棒断了。

江湖一屁股瘫坐在椅子上，汗也下来了，嘴里喃喃自语道："这下问题真的大了……"

改 名

巴仁鼎从供销社下岗后,思谋着自己会开车技术,就打算贷款买辆大货车,到上海拉土方挣钱。

他找到初中时最要好的同学,把自己的想法和盘托出,没想到老同学大加赞赏,一口应承下来。没几天,老同学就帮忙把二十万元贷款拿到手,巴仁鼎马不停蹄地买车、上牌、办手续。一个星期后,人和车便到了上海。

活早就联系好了,是在浦东六灶镇修路拉土方。巴仁鼎起早贪黑地干活,就是盼望挣到钱后,早点把贷款还掉。一开始几个月还比较顺利,可后来渐渐迷上了"擦皮鞋",车队几个驾驶员成宿地聚在一起赌钱,白天开车时就打瞌睡。

那天,巴仁鼎拉土方时出了车祸,把路边一个卖菜的老头给撞死了,他吓得腿直发抖。交警过来处理,认定巴仁鼎疲劳驾驶,负全责。没办法,巴仁鼎只得东挪西借了二十万块钱,赔付给死者家属,总算把这事给了了。巴仁鼎一气之下,把那辆肇事的大货车,以十万块钱的低价贱卖了,还掉了一部分钱,然后灰溜溜地跑回老家。

巴仁鼎垂头丧气地找到老同学，把自己在上海的情况说了一下，不过出车祸的真正原因没有说，他怕老同学笑话。老同学沉吟了半晌说："我看啊，问题出在你的名字上，巴仁鼎，巴仁鼎，可不就是把人给顶了吗？还能不出车祸？想办法改名吧。"

巴仁鼎一拍脑门子，恍然大悟，都是这个跟了自己几十年的破名字惹的祸，一定要改。

改什么名字好呢？巴仁鼎考虑了半天，终于想出了办法，就随老娘舅家姓吧，当地有这个习惯。他甚至连名字都想好了，老娘家姓裴，平辈的是道字辈，就叫裴道弟，多好啊！巴仁鼎为自己的小聪明颇为自得。

说改就改。巴仁鼎就从老娘舅家的村里写了证明，又买了一条红塔山烟夹在腋下，跑到朋友胖子家里，知道他门路很广，改个名字不费吹灰之力。

胖子真够朋友，很快就帮忙把名字改过来了。巴仁鼎，哦不，这会应该叫裴道弟，高兴得什么似的，心想，自己的运气从此应该有所转机了。

在老家，这成天游手好闲的也不是个事，裴道弟就盘算着如何东山再起，扳回本来，尽快把银行的贷款还掉，好给老同学一个交代。他打听到供销社对面的布匹门市部要对外承包，就想试试，可就是缺钱哪。

裴道弟硬着头皮，又找老同学帮忙贷款。老同学为难地说："你那笔二十万块钱的贷款还没还掉呢，我怎好意思再张嘴?"

裴道弟拍着胸脯，信誓旦旦地说："这下布匹店生意做好了，我一定连本带利都还上，绝不让你为难，请你相信我。"老同学无奈，只得又帮忙从银行贷了二十万块钱给他。

布匹店如愿以偿地开张了。裴道弟小心翼翼地经营着这桩生意，布匹店很快就红火起来，成了街上布匹销售的"大哥大"。挣到钱后，裴道弟提前还清了银行贷款，兑现了对老同学许下的诺言。

可是好景不长，应了"狼行千里改不了吃人，狗行千里改不了吃屎"那句话，裴道弟渐渐又沾染上赌博的恶习，每天沉溺在麻将桌上下不来，店里的生意不管不问，经营每况愈下，最后只得将布匹店盘了出去，关门大吉。裴道弟开布匹店，除了还清银行的贷款外，其他的钱都在赌桌上打了水漂，倒过头来还欠了一百多万的赌债。

裴道弟想死的心都有了。看到他一副落魄的样子，老同学的心里也不好受，埋怨道："你把握不住自己，怨谁呢？还是怪你这个名字，怎么改了这么一个名字？裴道弟，裴道弟，一听就是赔到底，不吉利，做生意还能赚钱吗？换任何一个名字，都比这个好。"

裴道弟想想也是，自己倒霉就倒霉在这个名字上。裴道弟，不就是一路赔到底吗？他在心里狠狠地骂着自己，真是笨蛋，当初怎么就改了这么个破名字？改，一定得改过来。

裴道弟躺在床上想了一夜，人姨夫姓钱，就随他的姓吧。钱，钱，他终于想出了一个世上最好的名字。第二天上午，他借了几百块钱塞给胖子，请他帮忙把自己的名字改成钱辰衫。胖子盯着他看了半天，不解地说："钱辰衫，改了名字你挣的钱就能堆成山了？想得美。这名字改来改去，你烦不烦，下次可就没这样的机会了。"裴道弟忙点头哈腰地连连称是。

改了名字的钱辰衫，又厚着脸皮找到老同学，说杭州那边卖烤鸭的生意挺不错，一年下来能赚十几万呢。自己在老家待不下去了，想到那边闯一闯，挣下钱来还了赌博账，以后好好过日子。想麻烦老同学再帮忙贷点生意本钱。

老同学深知钱辰衫的为人，这次再也不愿帮忙了，他说："你当银行是我们家开的，哪有那么随便的？这下连神仙也救不了你。你不走正道，改了名字也枉然。不信，你走着瞧。"

没贷到款，还挨了老同学一顿奚落，钱辰衫憋了一肚子气。无奈，他只得把家里的房子卖掉，揣着钱偷偷跑到杭州。

这杭州也不是人间天堂。钱辰衫在杭州东站刚一下火车，兜里的钱包就不见了，他慌忙在车站里到处寻找，可哪里还有小偷的影子？他又急忙到车站派出所报警，警察查了半天也没查到结果。

钱辰衫一屁股瘫坐在地上，欲哭无泪。美丽的幻想，瞬间化成了泡影，这钱没了，生意做不成了，这可怎么办呢？命运真会开玩笑，改了几次名字，可好名字并没有给自己带来好运，至今还是个穷光蛋。眼下已身无分文，连起码的生存都成了问题。想到改过的几个名字，钱辰衫突然大笑起来，笑得有些瘆人，旁边的旅客远远地躲开了。

几天后，钱辰衫就像一个幽灵一样，出现在车站广场上，漫无目的地游荡着。他头发蓬乱，破衣烂衫，目光呆滞，手里攥着一只不知从哪里捡来的烂苹果，一边跌跌撞撞地走着，一边喃喃自语："我叫巴仁鼎，我叫裴道弟，我叫钱辰衫……"

饭　局

村主任郑三圆被镇里评为征迁先进工作者，披红挂彩，出尽了风头，还上了电视。小六子那帮兄弟在电话里不依不饶地要他请客。郑三圆略微想了一下，便说："那就今晚吧，具体地点等我电话。不过，时间可能晚些。"

郑三圆一时犯了难。他今晚上本来有饭局，是包工头黄老板安排的，昨天就说好的，并且一再强调是为郑主任贺喜的。不去吧，不够意思；去吧，还有小六子那帮兄弟，不安排他们喝一顿肯定说不过去。这可怎么办呢？"有了。"郑三圆脑子里突然灵光一闪，一下有了主意。

晚上六点，郑三圆准时来到阳光酒楼，黄老板早就在宾阳厅恭候着，作陪的还有周老板、林老板等另外三四个小包工头，郑三圆都认识，平时没怎么深交，见面点个头打个招呼而已。这黄老板就不一样了，去年开发长淮花园小区时遇到困难，都是郑三圆出面帮忙协调解决的，黄老板对郑主任一直是感恩戴德的。

郑三圆被推在上首坐下，其他人众星拱月般依次分列两边坐定。这郑三圆脸黑、秃顶、将军肚，因头圆、肚圆、屁股圆，人送外号"郑三圆"，他的块头从气势上就有些压人。郑三圆不仅块头大，酒量也大，他常挂在嘴边的话是"白酒一公斤，啤酒随便拎"，是个往死里喝的狠角。

菜已上桌，黄老板第一个给郑三圆倒了满满一大玻璃杯酒，他眼睛眨也没眨。临到给周老板倒酒时，他一下子捂住杯口说："不行，我不能再喝了，上个月才喝死一个人，同桌喝酒的每个人都赔了两万呢，说什么也不能再喝了，对不起了，郑主任。"

郑三圆听罢，一下来了精神，他推了推面前的酒杯，不屑地说："你才喝死一个人，那算什么？你打听一下，我这两年都喝死三个了，赔了六万块钱。就是这样，我还不是照喝吗？"

一屋子人都怔住了，黄老板拿酒瓶的手停在了半空中，周老板脸上更是青一阵白一阵的，另外几个人傻子似的呆坐着，灯光璀璨的包厢里一下陷入沉寂。几个小老板早就耳闻郑主任喝酒的威名，这下都被吓住了。

郑三圆一见这阵势，自得地笑了，继续道："这真不是吹的，吹这个也没意思。你们几位老板没听说过这样一副对联吗？上联是：浓香型，酱香型，是酒就行；下联是：你也喝，我也喝，大家都喝。横批是：喝死拉倒。喝酒就要有这样的英雄气概，不然别在这占着个位子。"

几个小老板面面相觑，不知如何是好。黄老板赶紧打圆场说:"那个,郑主任,这酒量有大小,能力有悬殊,咱不搞一刀切,大家能喝多少就喝多少,坚决不拼酒。今晚万一喝出个好歹来,我们在座的都不好交代,你说是不是?"

郑三圆笑笑说:"今晚上我是有备而来,临出门前,我把你们几位的大名都报给了我老婆,今晚上如果把我喝死了,她明天就能跟你们要钱,正好把那六万块钱的窟窿给补上。你们是老板,有钱,哪在乎这两个小钱?来,先干了这杯。"

不等答话,郑三圆端起面前的酒杯,一仰脖子,咕咚咚地一口气喝下去,跟喝凉白开似的,眼睛眨也不眨。几位小老板哪见过这阵势?一个个吓得面如土色,瘫坐在椅子上,连动弹一下的力气都没有了。

过了半晌,几位小老板才回过神来,一个个点头哈腰地说出各种稀奇古怪的理由,不容答话,夹着皮包,相继逃也似的离开了包厢。

偌大的房间里,只剩下主客郑三圆和请客的黄老板。郑三圆指着包厢的门,不解地问:"他们这是?"

黄老板赶紧解释说:"哦,他们几个真的有事。"随即他心神不安地坐下来,屁股如同坐在针毡上一样不自在。

郑三圆看在眼里,很大度地说:"黄老板,你好像也有事,那忙你的去吧。没关系,我一个人喝,喝死了跟你们一点瓜葛都没有。"

黄老板像得到救命稻草似的站起来,虾弓着腰说:"是的,我确实有点事，公司有一份合同还没签，我答应对方在今晚上签的。对不起，我不陪你了，你慢慢喝，不要急。埋单的事你就别管了，我在吧台押了两千块钱，你只管吃喝就是。对不起，对不起，我告辞了。"说罢，拿起包跌跌撞撞地走了。

包厢里再次沉寂下来。面对满桌一筷子未动的美味佳肴，郑三圆心满意足地笑了，他对着门口方向讥笑道："这小老板一有钱，命就金贵了。"

郑三圆朝椅子上一靠，喊服务员进来，把桌上的餐具酒杯重新收拾了一下。看时间已到六点半，这才抓起手机来，微笑着说："喂，小六子，过来喝酒，阳光酒楼，我请客……"

话没说完

　　黄地新到的单位，就在他二舅家所在的乡镇。报到这两天有些忙，他还没顾上跟二舅说一声。

　　这天上午，黄地和同事抬运电线杆，累得气喘吁吁的。休息时，黄地突然想起这事，就掏出手机："喂，二舅，我调到安丰塘了……"

　　话没说完，手机一下没电了。黄地鼻子里哼了一声，就拿起手机到工棚里充电。

　　一上午都在干活，黄地就把这事给忘了。

　　快到晌午时，手机突然响了，黄地拿起来一听，是大表哥急急的声音："表弟，你怎么样了？"

　　黄地一头雾水："什么怎么样了？"

　　大表哥说："你不是说掉到安丰塘了吗？"

　　黄地这才想起上午打过的电话："哦，我是说工作调到安丰塘了，不是人掉到安丰塘了。"

　　咳！大表哥气得七窍生烟："你倒是说清楚呀，可把我们害苦了……"

黄地大窘，忙解释道："我话还没说完，手机就没电了。"

大表哥的声音嗡嗡的："接到你的电话，我们一大家子人都慌了神，赶忙到安丰塘上到处找你。你二舅连急带慌，一下掉到安丰塘了……"

啊！黄地一屁股跌坐在电线杆上，号啕大哭，嘴里叫着："二舅啊，都怪我！"

这时，只听电话里的大表哥说："号个屁，我话没说完呢，你二舅啊，最后被捞上来了……"

明　秀

明秀终于答应嫁给童飞了。

一个乡旮旯里的穷孩子，能娶上县城里的大学生，童飞心满意足。

正如她的名字一样，明秀聪明美丽，时髦精致，踩着高跟鞋，袅袅婷婷。童飞心里挺美，挺着胸，抬起头，带她回家见娘。

"这个女孩真俊，跟画上画的一样！"

"还是城里的大学生，童飞这小子真有福！"

……

半个村子里的人都来了，叽叽喳喳地谈论着她。

女人和孩子嘴里含着明秀带去的糖，男人们抽着童飞递上的皖烟。大伙眼睛齐刷刷地投向明秀，说她就是电视上的大明星周涛。

明秀红着脸，跟着童飞叫了很多人："三伯，六婶，四大爷……"

"点烟嘞，倒茶嘞……"童飞的声音陡然提高八度，老家的乡间土话不经意地冒出来。

看热闹的人散去,明秀的笑僵在脸上,长长地舒了口气。

"该叫一声娘了!"童飞对明秀说,"俺娘辛苦了一辈子,就等这一天了。"

童飞拉着明秀的手,去堂屋叫娘。父亲在他八岁那年就去世了,是娘土里刨食,累死累活地把他拉扯大,熬白了头发,累弯了腰,硬是把他送进大学,毕业后在本地县城找到了一份体面的工作。

正式上班那天,童飞对天发誓,一定要让娘高兴,一定要让娘跟着儿子享福。他就要做到了。

"叫娘?"明秀眼睛睁得大大的,像看外星人一样地看着童飞。

"人多,你不是不好意思吗?"童飞的乡间土话似乎又少了许多。

"我……"明秀垂下眼睑,似乎在思考着什么。

"快点,娘坐在堂屋里等着呢。"童飞催促着,拉着明秀的手向堂屋走去。

"我……叫不出来。"明秀边走边对童飞说。

"别害羞了,你这么俊的儿媳妇,不怕见婆婆。"童飞附在明秀耳边,轻声地打趣道。

娘端坐在堂屋的正位上,脸上像开了花,红扑扑、喜盈盈的。

童飞拉过明秀,笑着说:"娘,您未过门的儿媳妇来给您倒茶来了!"

"过来呀,明秀。"童飞看明秀站得远远的,又催促道,"来给俺娘倒杯茶。"

娘慈爱地看着明秀,笑眯眯的。

童飞绕到娘身后,轻轻地给娘捶着背,轻声说:"娘,你以后就等着享福吧,我们结过婚后,就把你接到城里去住。等有了孩子,你帮我们带着。"

明秀走到八仙桌前,从茶壶里倒了一杯茶,双手端着,走到娘面前。

童飞没有听到明秀叫"娘",而是一声怯怯的"阿姨"。童飞脸色忽然变了,忍着气纠正说:"错了,叫娘。"

明秀脸红了一下,没有接话。

"算了,小飞。女孩家家的,还没过门,她不好意思叫,慢慢来,结过婚就好了。"娘劝童飞时,脸上还带着笑。

童飞把明秀拉出堂屋,在墙角站住,生气地问:"为什么不叫娘?你有什么怕的?"

"我说过,叫不出来的,别扭。"明秀也提高了嗓门。

"这可是我娘,你不叫她,我们能成一家人吗?"童飞压低声音,生怕娘在堂屋里听到。

"我现在真叫不出来,你别逼我了,好吗?"明透皱了一下眉,几乎带着哭腔哀求着。

站在墙角，童飞和明秀争论了许久，最后结果是，要给明秀一点时间，让她从心里接受这个娘。

结婚那天，村里人都来看城里嫁过来的新媳妇，把童飞家的小院子围得里三层外三层。

一阵噼里啪啦的爆竹声响过，一对新人站在娘面前。

在场的人都睁大眼睛，不错眼珠地瞅着美丽的新娘。明秀是天上的仙女下凡，身披祥云。童飞亦满面生辉，玉树临风。

又该新媳妇改口叫娘了，全村人都支棱起耳朵，想听一听这城里媳妇喊娘的声音是啥样。

明秀满面娇羞，似春天绽放的海棠花。

童飞娘笑着，手里拿着红包，满怀期待地等着新媳妇开口。

"声音大点，全村人都看着呢！"童飞拉了一下明秀的手，再次叮嘱道。

"娘！"明秀叫了一声，就闭上了嘴。她满口标准的普通话，比蚊子的声音大不了多少。

"哎——"童飞娘愣了一下，接着笑得合不拢嘴，拖着长音回了一声，在场的所有人都听到童飞娘开心的笑声。

童飞如释重负地长舒一口气，明秀好歹叫了一声娘，尽管声音很小，总算是叫了。为了这一声"娘"，童飞做了多少工作，好话赖话都说尽，差不多都算祈求她了。明秀一直都是一句话："不是亲娘，叫不出口。"

有几次，童飞甚至想过和明秀分手，他不能这样让娘伤心。

但童飞知道，他对明秀已爱入骨髓。

看童飞长吁短叹的样子，明秀心疼不已，最后只得做出让步，才答应结婚那天叫娘。

听着明秀叫"娘"的声音，童飞似乎看到了希望，结婚就是个开始，以后明秀肯定会左一声、右一声甜甜地叫娘，就像自己叫娘一样。

婚后，童飞接娘到县城里住，娘却坚决不去，说城里楼多、车多、人多，横竖看不到一个熟人，哪哪都不习惯，理由一大堆，就是不愿去。

童飞无奈，只得经常给娘买衣服买吃的，周末抽空回家送给娘，把村里老人们都羡慕得不得了，直夸童飞这孩子孝顺。但是，童飞带明秀回来看娘，她还是不叫。童飞没辙了，只好妥协，打这起，明秀就再也没有叫过一声娘。

这以后，童飞记得娘从来没有因为这事生过气，一直劝儿子说："只要你们好好的，叫不叫娘都一样。"

童飞不再劝明秀叫娘，只是一头扎进自己的工作，事业做得风生水起。

那天，童飞娘突然摔倒在地，再也没有醒来。噩耗传来，童飞悲痛欲绝，热泪长流。

"娘，你怎么离开我了？我们有孩子了，你就要当奶奶，怎么就走了……"童飞抱着娘，哭得撕心裂肺、肝肠寸断。

"娘——"明秀突然跪在地上，哭喊着叫起娘来。

杀猪李

杀猪李，大名叫李三，会一手杀猪的手艺，在三道冲一带无人不晓，人送外号"杀猪李"。每年过年前，村里殷实的家庭都要请李三帮忙杀年猪。那段时间是杀猪李最吃香的日子。

三道冲民间有讲究，杀年猪不能补刀，年猪杀得好，喻示来年家里旺，一顺百顺。杀猪李杀猪的手艺绝，不管猪大猪小，都是一刀见血。然后烫猪、吹气、刮毛、开膛、分边、剔骨、翻下水，动作干净麻溜，一气呵成。每年进入腊月，村里就陆续有人请李三杀年猪，最多时一天要杀七八头。

腊月初六一大早，李圩的李疤癞就忙碌起来，从猪圈里截前跑后赶猪，老婆菊香抱了柴火在牛天锅里烧水，三个孩子扯着衣襟在院子里追逐、打闹。刚从圈里赶出来黑花猪，鼻子里喷着热气，呜呜嗷嗷地哼叫着，一副极不情愿的样子。它扭动着肥厚的屁股，扇动着耳朵，满院子乱拱乱窜。地上东一坨西一泡的，是冒着热气的猪粪、猪尿和被拱起的泥土。

"都来哇，把猪摁倒。"身系长围裙、脚蹬高腰水靴的李三向众人招呼一声，朝上拽了拽护袖，伸出长满汗毛的粗大双手，一把揪住两只猪耳朵，挺腰顶胯，"哟嗨"喊一声号子，在其他男人扳猪脚、拽猪尾、按猪背的配合下，嗵的一声把黑花猪撂倒在地，又喊一声号子，大家伙七手八脚地把猪抬到两尺来高、四尺来长的榆树板凳上，一圈手将猪死死地按住。那猪四蹄乱蹬，扯天拽地地哀号起来。

"呸！"李三吐掉叼在嘴角的渡江烟屁股，说了声，"按住了，别松手哟。"腾出左手将毛茸茸的猪下颏往怀里一扳，右手握一把尺把长的尖刀，对准猪颈窝处，噗地一刀捅了进去。"嗷——嗷——！"伴随着黑花猪惊天动地的嚎叫和拼命的挣扎，一股股红的鲜血从刀口处喷涌而出。李三伸腿把盛了淡盐水的大盆，往自己跟前一刮，顺势将刀抽出来，带着浓重血腥味的猪血，便打着旋洒进盆里。

李三拿刀在猪血里搅了几下，看看差不多了，就努努嘴，让李疤瘌端走。立在旁边的几条狗围拢过来，吧唧吧唧地舔地上的猪血。李三嫌狗们碍事，粗鲁地骂一句，飞起一脚，踢在一条狗的肚子上，那条狗凄厉地惨叫着，连滚带爬地跑了。

李三笑笑，转身把软塌塌的黑花猪挪到两条并好的板凳上摆正，提刀在猪后脚割开两公分宽的口子，顺势削出寸把长猪皮，一手扯着，另一手拿一根大拇指粗，尾部带有把手，磨得油光锃亮的铁棍，从割开的口子插入。随着李三长满浓黑胡楂的腮帮一次次鼓起，铁棍依次穿过猪的后腿、腹腔、前胸、后背，又拿木棒啪啪地捶打一番，这才和众人合力将猪抬起，放入加了开水的大木桶里。

李三开始烫猪。他双手捉住一只猪脚，一边在开水里上下晃动，一边指挥李疤瘌把行头家什准备好，不要傻乎乎地光晓得看热闹。双手笼在袖筒里的李疤瘌脸色就有些难看，嘴里嗯嗯应着，悻悻地走开找东西去了。李三咧开大嘴，一边忙活着，一边和凑过来的林寡妇说笑一阵，他腾出一只手，冷不丁地在她屁股上拍了一巴掌。林寡妇骂了句："你这死鬼，就像这桶里的死猪，咋不把你也丢进去烫下子，给你退退骚？"

旁人大笑，李三也跟着呵呵地笑起来。

李三把猪头反复烫泡几回，感觉火候差不多了，招呼大家合力将猪拖出来，放在横担上，吹气刮毛。咣咣一阵声响后，黑花猪便露出白胖肉身。女人和孩子们围着看稀奇，叽叽喳喳地议论着李疤瘌家的猪真肥、肉真厚。

一旁的菊香看到辛苦喂了一年的黑花猪就这样没了，于心不忍，悄悄撩起围裙擦眼睛。但看到一溜儿排开的白生生的肥猪肉，闻到交织在一起的血腥味，猪下水的臊臭味，男人们的汗味、烟草味，年味开始近了，大人小孩都有盼头了，又满心欢喜起来。当李三利索地把分砍好的肉吊摆上案板时，菊香就开始在心里盘算起来：小肠留着灌香肠，肩胛肉留着腌腊肉，颈窝的"头刀菜"留着孝敬娘家双亲。剩下的再卖他几吊，一百多斤肉呢，自家人哪能吃得了那么多？

李三接过菊香递过来的茶水，接碗时乘势摸了一下她的手。他咕咚咚地灌上一气，又看了一眼菊香，这才转身继续干活。他拿出尖刀在磨刀铁棍上嚓嚓杠（方言：磨）两下，左旋右转，轻巧地去骨后，唰地将肉切开，往杆上一挂，斤数出来后，与买肉人的意愿相差无二。

晚上，李疤瘌照例留下杀猪李打猪旺，菊香在厨房里一通忙乎——煮猪血，炒猪肝，爆肉片，做红烧肉，各种菜齐齐整整端上桌，再弄上一大塑料壶"八毛冲子"散酒，请来村里的亲戚、长辈，围拢在八仙桌上喝酒、聊天，气氛热烈、温馨。趁丈夫李疤瘌和杀猪李他们热热闹闹吃得欢的时候，菊香挨门挨户送去一大海碗猪肉、血旺混合在一起的杀猪菜，让左邻右舍也分享一下杀年猪的喜悦。

这是多年的传统，别人家杀猪也会给菊香家送上一碗热气腾腾的杀猪菜，还上这个人情。

酒足饭饱后，杀猪李起身接过女主人菊香递来的工钱和一小吊肉，顺势又摸了一下菊香的手，趁着酒劲，还拿肩膀在菊香丰腴的前胸蹭了一下，歪歪倒倒走到墙角，在周围插了一圈刀斧的小背篼里翻找，确认当天的猪蹄筋对得上数才出门。这是杀猪李的规矩，每杀一头猪，猪后腿的蹄筋都归他。

"李三师傅，你看得见不？这么晚了，路上小心啊。"李疤瘌送出门来，关心地问杀猪李。

"怕个卵子啊！"李三打着哈哈，用破锣嗓子说，"杀猪的人鬼都怕，莫看我的围裙脏，这可辟邪呢。"

杀猪李绕过柳林，走到牛圈旁，来到"五保"户孙大爷家，就着白炽灯光，将猪肉、蹄筋和一卷钱递到孙大爷手里。孙大爷颤声说："谢谢啊，李三，你忙了一天，还记得来看我。这蹄筋你带回去，炖给孩子们吃吧。"杀猪李摆摆手说："大爷，莫客气了，给你就拿着，有啥事你尽管开口。好了，你早点睡吧，我也要回去了，老婆孩子还在家里等着我呢。"

杀猪李回到家，夜已深了，月光洒了一地，李圩村子里像铺了一层霜。几声零星犬吠响起，夜，静谧安宁。

以前不是这样

走出宏盛大酒店,老杨心里空落落的,后悔发起这次聚会。

老杨跟老李、老王、老张是小鸡拉塘灰一起玩到大的好朋友。自打有了工作和家室,他们虽然都生活在同一座县城,但总是三客观两原因的,使得聚会的美好愿望一次次化为泡影。几个朋友间,除了偶尔在电话、微信里不咸不淡地问候几声,一年到头几乎难得见上一面,聚会就更甭提了。

这两年,老李、老王、老张陆续退休了,赋闲在家,自由支配的时间多了,几个朋友小聚一下问题肯定不大。已经有很多年没有聚会了,几个朋友兴许都在期待这一天。

热心的老杨决心把夙愿变成现实,来一次盼望已久的聚会。为了不给几个朋友推辞的理由,老杨这次不再在电话、微信里询问有没有空,而是一家家亲自找上门,当面鼓对面锣地诚心邀请。几个朋友不好意思再推托,都点头答应参加聚会。

为了找回从前的感觉,大家说好了不带家里人,只限本人到场。可是到了聚会那晚临上桌时,除了做东的老杨,其他三人都带了家人。看到这一幕,老杨虽说心里有点疙疙瘩瘩的,但碍于都是几十年的老交情了,老杨还不至于黑着脸把其他人的家人都撵走,只得赔着笑脸热情接待。

老杨拆开一包黄山金皖,随手甩出一圈儿。老李老婆眼疾手快,桌面上滚动的烟卷还没停下来,就被她抢到手里了,说:"老李晚上睡觉有点咳,不能抽。"老王的孙子吹灭老杨伸过来的打火机的火,高声吵嚷着不让给老王点火,还噘着嘴巴说:"奶奶不让爷爷抽烟。"老王摊开双手做无奈状,尴尬地朝老杨笑笑。老张的女儿抬手扇了扇鼻子说:"二手烟比一手烟危害还要大,忍着点吧,别毒害我们下一代。"几个"老烟枪"被"缴了枪",烟酒不得不分家。见这阵势,老杨苦笑着摇摇头,把刚吸了几口的香烟,丢进桌面上的烟灰缸里,用力摁灭。

开席前,老李、老王、老张几人同家人有说有笑,老杨半天插不进一句话,被晾在一边,只好眼巴巴地看着服务员进进出出端茶倒水,摆放菜肴,陀螺似的忙活着。上了四道菜后,终于可以开喝了,老杨弓身从椅子后边红布袋里拎出一瓶古井5年,这可是儿子过年时孝敬他的,平时一直舍不得喝,今儿个正好与老朋友们分享一下。老杨拧开瓶盖,正要朝分酒器里倒酒,坐在上首的老李连忙摇头摆手说:"我轻度脑梗,颈动脉斑块,滴酒不能沾呀。"老王附和道:"老了,一身的病,我尿酸有点偏高,烟酒都戒了。"老王又朝老李、老张说:"要不,喝点酸奶、橙汁之类的饮料意思一下吧?"几人点头同意。老张站起身来,不容分说,一把夺过老杨手里的酒瓶,拧上盖,嘴上说:"人老了,保命要紧哪!"

老李、老王、老张像约好了似的,都不喝酒,老杨的老友相聚大喝一场不醉不归的计划彻底泡了汤。看到老杨愣怔的样子,几个朋友齐刷刷地举起了牛奶杯,高声嚷道:"干杯!"老杨迟疑了一下,极不情愿地端起杯来,象征性地呷了一口。这叫啥聚会?一点气氛都没有。没有推杯换盏把酒言欢,没有搂搂抱抱打打闹闹,没有推心置腹坦诚相见,老杨怎么也找不回当年朋友间喝酒时的那种无拘无束淋漓酣畅豪情万丈。

好想闻一闻扑鼻四溢的酒香,好想听一听清脆悦耳的碰杯声,好想撸起袖子举杯高吼一嗓子"干杯!",好想醉一场疯一场歌一场哭一场笑一场闹腾一场失忆一场,好想好想……

老李的老伴一小口一小口地喝着白开水,置身事外地看着大家吃喝。老杨催她动筷子,她摆摆手说,减肥健身,不吃晚餐;老王的孙子嘴巴特刁,这也不吃,那也不尝,没有可心的菜,他的筷子几乎没伸出去过;老张的女儿可倒好,像兔子一样专挑青菜萝卜等素菜捡,说要远离肥甘油腻,保持苗条身材。

看到桌上好多大鱼大肉几乎没怎么动过,老杨急了,像以前那样耍起蛮来,端起满钵色泽油亮的宏盛红烧肉强行摊派"任务"。老李、老王、老张齐刷刷地站起身来,有的捂着碗,有的跑开来,跟老鼠见了猫似的躲着,绝不给老杨任何可乘之机。老杨又夹起宏盛红烧老公鸡分配"任务",在座的人除了老杨，全都强烈抗议，说喂给鸡鸭鱼的饲料中含有激素，人吃了不健康。

央（方言：劝）了一大圈，大人小孩没有一个人给老杨面子的。他悻悻地夹起一块红烧肉，一边搁嘴里有滋没味地咀嚼着，一边尴尬地盯着满桌子菜肴发愁，心里直埋怨自己，点菜没水平，不对他们的胃口。这时，老李抬起手腕瞄了一眼西铁城手表说："不好意思，我先走一步，得陪老伴去跳广场舞，你们慢慢吃着。"见老李两口子走了，老王孙子撒泼放赖地大呼小叫："我要吃汉堡，我要吃炸鸡。"老张喝了几口鲜咪汤后放下碗筷，有点难为情地说："出门时老伴交代过，让我早点回去……"

踌躇在县城的大街上，听到街边大排档里传出来喝酒划拳的吆喝声，目送偶尔打身边经过的踉踉跄跄嬉笑打骂狂放不羁的三五醉鬼，老杨泪光闪烁，喃喃自语道："以前可不是这样，不是这样……"

花　碗

坐在餐桌前，面前又是已盛满米饭的碗。今天的碗面上是一只腾飞的金色凤凰，金色边缘与凤凰交相辉映。骨瓷，薄，剔透，泛着凝白的光芒。慧颖凝神端详着，她从来没有见过如此精致漂亮的花碗。

蒋阿姨将一块牛肉放到慧颖的碗里："你尝尝，这是我用小火三个小时炖出来的。"

蒋阿姨的话听起来漫不经心，像解释，又似自言自语。

慧颖的眼睛湿润了，她想起已过世的母亲。母亲短暂的一生都在与贫穷和命运抗争，没能等到慧颖大学毕业，就永远地走了。她曾答应过母亲带她去看天安门，去看长城的。那一刻，慧颖才真切地感受到"子欲养而亲不待"的痛悔。

慧颖与蒋阿姨相识于偶然。那天，她到这座楼里看房子，因租金太高而最终放弃。高楼之外的天空，灿烂的秋阳飘散在窗外，落叶纷纷扬扬地在楼间飘荡。她想起家与父母，想到在城市里打拼的艰辛，不由得落下泪来。

蒋阿姨就是在那个时刻出现的。她穿着考究，面容慈祥。当听到慧颖要租房的时候，她笑着说："要不，你看看我那房子是否满意？"说罢，蒋阿姨并不等慧颖回答，径直走向电梯对面的门。那扇深棕色的门一打开，房子的内部就展现在慧颖的眼前了。她一看，刚迈出的一条腿又缩回来，很不好意思地对蒋阿姨说："阿姨，还是不看了，我，租不起。"

蒋阿姨一把拉住她的胳膊："先进来看看吧。"

房子是中式风格，含蓄婉约中透着特有的美感。墙上挂着山水画，客厅的博古架上摆满了各式各样的花碗。美术系毕业的慧颖，非常喜欢这样的风格与氛围。

可是，慧颖越看就越觉得是在做梦。

蒋阿姨说："两个房间，一个朝南，一个朝北，价格都是一个月六百元，你自己挑。"

慧颖不敢相信自己的耳朵，这可是这座城市的黄金地段啊！

蒋阿姨笑着说："价格便宜是因为我有要求，你每天下班回来都得帮我带一瓶牛奶。"

慧颖听后，忙不迭地说："可以可以。"又万分感激地说了无数声"谢谢蒋阿姨"。

搬入的第二天下班，慧颖发现老人坐在餐桌前，对面摆放着一只盛满米饭的花碗。蒋阿姨不经意地说："我的朋友原来要过来吃饭，结果临时有事来不了。要不，一起吃？"

慧颖不好推辞，只得就座。

闲聊中，她得知蒋阿姨退休前是美术学院的教授，老伴病逝多年，女儿已定居加拿大，提到儿子，蒋阿姨却一带而过。此后，慧颖注意到，每次谈到儿子，蒋阿姨的脸上都掠过一丝不易觉察的表情。

时光如水，一晃，慧颖已在蒋阿姨家里租住了半年时间。

因为忙，慧颖下班的时间并不固定，跟蒋阿姨的交流也很少。可每次到家，她都会发现蒋阿姨坐在餐桌前，就像在专门等她。慧颖注意到面前的那只花碗，每次都不同，有带凤凰的，有印孔雀、玫瑰花的，有梅花盛开的，有印着水中睡莲的，还有印着绿竹、菊花朵朵的，精致考究，又颇有情趣。若不是亲眼所见，她根本不相信这是一个七十岁的老人所为。蒋阿姨似乎看出了慧颖的疑惑，笑呵呵地说："我那些学生和朋友都很有个性，喜欢用不同的花碗吃饭。"

慧颖听后，虽依旧不解，但也并没太放在心上。

慧颖时常出差，她已经很久没有与蒋阿姨一起共享晚餐了。这天，她出差回来是下午三点多。进门后，却听到蒋阿姨房间里传出的抽泣声，那声音里夹杂着刻意压抑的悲凉。她一惊，蒋阿姨压抑的哭诉声传来："老伴，要不是等全子出狱，我真想快点去找你啊！你是省心了，留下我一个人青灯孤影相伴。我做梦都怀念一家人在一起吃饭的情景，哪怕一句话也不说，心里也觉得有家、有人的温暖。我每天看着对面的那只花碗，都觉得是你或孩子坐在那里跟我一起吃饭。"

慧颖震惊地张大嘴巴。她悄悄地退出房门,坐在与蒋阿姨相遇的楼梯口,心情异常沉重。直到华灯初上,她才进门,却发现蒋阿姨已坐在餐桌前,表情凄凉。

"蒋阿姨,我想跟您商量件事儿。"

蒋阿姨抬头看着她:"你,要搬走?"

"不,我很喜欢吃您做的菜,更享受跟您一起吃饭的感觉,就像跟我妈妈在一起一样。她去世五年了,我每天晚上都能梦到她。见到您,我觉得很亲切,我想像对母亲那样,有时间能陪陪您,以弥补我的缺憾……"

话还没有说完,蒋阿姨颤抖着站起来,一把将慧颖搂进怀里,泪水长流:"孩子,谢谢你!"

聪明的鱼

杜新不淡定了。

杜新不淡定，是因为父亲老杜陷入一个旋涡。这个旋涡的力量他是清楚的，越是挣扎，就陷得越深。

那天，老杜突然给杜新打电话，兴奋地说："有一个赚钱的项目，前景很好。我想要投资，不过手里没那么多钱，想跟你借点。"最后，老杜信誓旦旦地说，"新儿，我就用一年，年底我会连本带利还给你。"

杜新诧异地愣在那里，半天不知道说什么好。凭直觉，他认为父亲所说的赚钱项目应该是非法集资类的诈骗。可是，父亲的倔他是十分清楚的，从小到大没少领教过，一倔起来，任何劝解父亲都听不进去。杜新彻夜未眠。

星期天，杜新从渔具店里买了一套高级钓鱼设备，回到小镇上的老家。一见面，杜新就说："爸，送您一套高级的钓鱼设备。"

老杜惊喜地说："天上掉馅饼，让你小子捡着了？这鱼竿可得好几千块钱呢。"

老杜抚摸着金色的鱼竿,舍不得放手。钓友老张就有一套这样的设备,在他面前炫耀过,真是让他羡慕死了。

杜新说:"哪有这样的好事?天上会掉馅饼?不过,给老爸换一套渔具,还是可以的。"

老杜退休后开始钓鱼,渔具用了好几年都舍不得更换。他嘴上埋怨着,心里却是美滋滋的。

"不过,爸,送给您之前我有个条件。今天您还用以前的钓竿,我用这个新的钓竿,咱爷俩比试比试,看谁钓的鱼多、鱼大。"

老杜说:"你小子还会钓鱼?"父亲一脸的不相信。

杜新神秘地笑着。

大雁塘边,老杜像往常一样熟练地上鱼饵,将鱼线甩进塘里,然后静静地坐在那里等鱼上钩。杜新与父亲隔着四五米远,也开始上鱼饵。空气中弥漫着一股奇异的香味。

"什么东西这么香?"老杜问儿子。

"我的鱼饵。"杜新说。

"鱼饵为什么这么香呢?"

"鱼饵不香,鱼怎么能上钩呢?"

杜新将鱼线甩进塘里。没多久,杜新的鱼漂动了一下,上下沉浮,鱼咬钩了。杜新坐着没动。一旁的老杜急了,嚷道:"快提线啊!快,快!"杜新说:"不急。"鱼竿又动了一下,杜新将鱼线提了起来。鱼钩上没鱼，鱼饵也没了。

老杜说："就说你不会钓鱼吧，还逞能。我劝你还是回家去陪你妈吧。"

杜新没说话，对父亲笑了笑，继续给鱼钩上鱼饵。没过多久，鱼漂又动了，鱼咬钩了。

老杜看见，慌忙说："快提线，快提线……"

杜新仍旧没动，上钩的鱼又跑了。

老杜笑话儿子："就这水平，还跟我比赛呢，趁早认输吧。"又劝道，"回去陪你妈吧，给她搭把手，弄几个菜，等我回去，咱爷俩喝几杯。"

杜新仍旧笑着没说话，默默地上鱼饵。

如此几番后，杜新摘下鱼钩，从包里又拿出一个金色的超大鱼钩，绑在鱼线上。老杜被儿子拿出来的鱼钩吓了一跳。普通的鱼钩，是把一根大头针弯成钩状，而这个鱼钩是由七八个这样的鱼钩钩子向外，绑在一起做成的。

老杜从未见过这样的鱼钩，惶惑地问："你用这个鱼钩钓鱼?"

"是啊，"杜新答道，"这样才能钓上大鱼。"

老杜看着这个鱼钩，过了半晌才说："这样的鱼钩很可怕，鱼无论从哪个方向咬住鱼钩，都没办法逃脱。"

杜新不搭腔，在鱼钩上包裹了厚厚一层鱼饵，又一次把鱼线甩进塘里。老杜放下手里的鱼竿，坐在杜新旁边看儿子钓鱼。

没多大工夫，鱼漂向下猛地一沉，鱼咬钩了。杜新没有马上提线，他稍等了一会儿，再慢慢提线，一条大鱼随着鱼线跃出水面。

"咦，是一条大鲤鱼哩！"老杜高兴地喊道。

"爸，您知道鲤鱼跳龙门吗？这条鲤鱼也许把闪着金光的鱼钩当成去天堂的天梯呢。"杜新说着，手里上饵、甩线，一气呵成。

老杜说："啥天堂？那不过是个神话故事。"

"也许鱼儿们知道这个故事呢，"杜新说，"要不然怎么会这么快就钓上来一条鲤鱼呢。您听听，也许水下的鱼儿们正在窃窃私语呢。"

老杜父子俩愉快地聊着天。

"鱼儿们说什么呢？"老杜问。

"鱼儿们说，鲤鱼顺着天梯上了天堂了，咱们也不能错过这个机会啊。于是，鱼儿们拥挤着也要顺着天梯上天堂呢。"杜新说。

俩人聊天的间隙，又一条大鱼咬钩了。

"爸，我说的是吧？要不然怎么会这么快又钓上一条？"杜新一脸坏笑。

"这些大笨鱼，太笨了！它们根本就没想到，这么大的鱼饵里藏有这么大的陷阱。"老杜说。

杜新看着仍在挣扎的鱼说："爸，您错了，不是它们太笨，是诱惑太大了。刚开始我下小点的鱼饵,让它们吃掉,它们都能安全地离开,就会认为没有危险。当我换成大鱼钩、大鱼饵的时候,它们麻痹的神经就不会再考虑危险是否存在,所以它们会争先恐后地抢着吃鱼饵。这真像通往天堂的天梯,谁都怕丢失了机会,谁都怕后悔。"

老杜说:"看来聪明的鱼很少。"

杜新说:"也不是没有。要做一条聪明的鱼,必须禁得住各种各样的诱惑,否则会成为一条被人嘲笑的笨鱼。"

见时机成熟,杜新话锋一转,神情严肃地问老杜:"爸,您是一条笨'鱼',还是一条聪明的'鱼'呢?"

老杜愣了一下,瞬间回过神来。

"你小子!跟你老子兜这么大一个圈子。"老杜手指着儿子,笑着说。

杜新也笑了,他花大价钱跟钓鱼冠军学到的技巧,真管用!

碎 心

那时候，伟和静爱得如火如荼，如痴如醉，县城的大街小巷，到处都留下他们牵手走过的身影。

伟回到乡下告诉了父母，他以为他们会很开心，谁知道却遭到父母的强烈反对。理由是，女孩没有稳定的工作，她家在农村。

伟跟父母不断地沟通，期望说服他们接受这个女孩。父亲却摇着满是花白头发的头，决然地说："感情可能当饭吃？当初为了你上学，我觍着老脸借遍了全村。咱农村啥条件你不知道吗？真是念书念傻了！"最后，父亲向伟撂下一句狠话，"如果不分手，就没你这个儿子！"

分手还是继续？伟想了很久，还是没有一点头绪。再见到静的时候，伟一如既往地拉过静的手，她冲他笑一下，露出纯净的笑容，两朵红云飘在脸颊上……她呀，有千般的好，他们谁会明白？伟又怎么舍得离开？他决定好好爱下去。

静在县医院做临时护士，伟给她买来业务上的书，鼓励她继续深造，找到理想的工作。伟每天守在县医院门口，骑自行车接送静上下班。他们憧憬着美好的未来。

同住县城里的姑姑找到伟，又一次转达了他父亲的话，必须去见新给他介绍的姑娘。这姑娘家条件好，还是个公办教师。

伟告诉姑姑，他已经有对象了，不想再见任何人。姑姑苦口婆心地劝了半天，可伟就是不松口。最后，姑姑生气地摇着头说："你被灌了迷魂汤了，以后会后悔的。"

伟笑笑，他的爱情坚不可摧，姑姑怎么会懂？

伟和静继续相爱着，都说对方是彼此的氧，一刻也不能缺少。

过了一周，父亲从乡下跑来，对伟放出狠话：如果不见介绍的对象，就死在这里。

看着大吵大闹的父亲，伟无奈地跪下来，哭着央求父亲成全他们。父亲长吁短叹，只是不接伟的话，一根接一根地抽着劣质烟。

闹了几天，伟也没有去见介绍的对象，父亲也没有回乡下，不吃不喝像个影子一样跟在他身后。伟只好躲在办公室里偷偷打电话给静说，最近太忙，不能见她。静说，自己也在看书备考，让他好好上班。

僵持了一周，看着日渐消瘦的父亲，伟只好去见了新介绍的那个对象。出于礼貌，伟和新介绍的姑娘一起到七品香吃了顿饭。无意间透过大大的落地窗，伟一眼瞥见父亲和姑姑站在街对面，正开心地朝这边笑呢。新介绍的姑娘模样不错，气质也好，但在伟的心里，她不是那巫山的云。

伟急急地吃完饭，便骑车将姑娘送回去。他要去找静，已经有好多天没见到她了。

跑到半路上，伟还是被他父亲截住了。父亲笑着说："这姑娘不错，你们都是公家人了，往后再也不用想着回去种地了。你得加把劲儿，看看年底前能不能把婚事给订下来。"

"爸……"伟喊了声，又欲言又止。现在说什么还有用吗？

那夜，伟又失眠了。天明时分刚闭上眼，静来了，她抱着他哭得稀里哗啦。伟刚想伸出手去拥抱她，静却不见了，窗外下着大雨。伟醒来，眼角居然都是泪。

第二天，父亲居然回家了。他走的时候对伟说："这姑娘很满意，愿意和你继续交往，一切都听你姑姑安排就好了。"

伟送父亲坐上车，就马不停蹄地跑到县医院去找静。可静没来上班，伟又找静的闺密打听，也是一点消息都没有。

伟像疯了一样到处去找静，可静却似乎忽然从人间消失了，没有给伟留下只言片语。

过不多久，伟在大街上突然见到了静，只是她身边多了一位帅气的小伙子。她落落大方地向他介绍说："这是我未婚夫轩。"

伟愣在那里，他不知道自己睁着发呆的眼睛，望着她的样子有多惨，傻傻地一动不动地等着她调皮地说这是个玩笑，是个游戏。可是，静却什么也没说，挽着那个叫轩的小伙子的胳膊，走了。伟喊着静的名字，一路追过去拉住静，问她这是为什么。静盯着伟大声说："我爱的是这个顶天立地的男人！"说完，静愤怒地甩开伟的手，离开了，慢慢消失在人流中。

伟怔在那里，他不知道该怎么办了，忽然真切地听到自己的心咚地摔在地上，然后就哗的一声碎掉了。伟按住疼痛的心蹲在地上，眼里大颗大颗地涌出泪水来。

后来，伟密查过，静确实已经结婚了，还生了一个像静一样漂亮的女儿。伟悲愤地烧掉静曾写给他的所有信件和送给他的物品，还有一张两人手挽手站在护城河边的照片。伟迅速地和那个老师结婚了，他与静从此形同陌路，像生命中从未相遇过一样。再后来，伟听人说，静结婚没几年就离了婚，女儿也留给了男方，现在独自一人生活在另一座城市里。

伟两鬓斑白的时候，母亲才告诉他，父亲那天去求过静，还带她去看伟和女老师见面吃饭的场景。

伟愣了半天，长叹了一口气，什么也没说。